Catherine Le Goff

La fille à ma place

Éditions Favre SA
Siège social :
29, rue de Bourg – CH-1002 Lausanne
Tél. : (+41) 021 312 17 17 – Fax : (+41) 021 320 50 59
lausanne@editionsfavre.com

Bureau de Paris :
7, rue des Canettes – F-75006 Paris

www.editionsfavre.com

Dépôt légal en Suisse en janvier 2020.

Mise en pages : Dynamic 19

ISBN : 978-2-8289-1816-3

La maison d'édition Favre bénéficie d'un soutien structurel
de l'Office fédéral de la culture pour les années 2016-2020.

Catherine Le Goff

La fille à ma place

FAVRE

À Yann et mes enfants

Première partie

Depuis six ans, j'avais adopté la même routine pour me rendre chaque matin chez le disquaire où je travaillais. Sortir mon vieux vélo du garage, enfiler mes gants de cycliste, emprunter la route qui jouxte le champ des Gorse, m'arrêter au rond-point et bifurquer à droite, traverser le lieu-dit, rouler, rouler jusqu'à Perros. Plus besoin de penser, mon corps se laissait porter par les roues, ailes dociles d'un papillon aimanté vers les lumières de la ville.

Est-ce parce que j'avais changé un simple détail de cette habitude quotidienne que j'en étais là, assise au fond de ce bar crasseux, rongée par une furieuse envie d'en finir ? Autour de ma bière tiède, mes ongles couverts de boue claquent nerveusement. Une odeur âcre de sang me monte au nez, lancinante rengaine qui me fendille l'âme.

Je revisite le film de ce maudit matin. Je ne sais plus précisément ce qui m'a décidée à faire une halte près du champ des Gorse. Peut-être l'envie banale de voir le soleil se lever. Les bottines posées sur l'asphalte, je fus prise de vertiges. Dans les herbes, au loin, j'aperçus deux corps flous, ils bougeaient dans une danse sauvage, l'un d'eux me parut très familier. Une part de moi disait «N'y va pas!» mais mes jambes se mirent à voler d'un trait vers la scène, histoire de voir nettement ce qui se passait. J'ai vu. La chair dénudée de cette fille sous le visage déformé de plaisir de Jeff. Jeff, l'homme qui partageait ma vie.

Uppercut au cœur. Aussi violent qu'inattendu.

Le temps s'interrompit tandis que je sentais la colère m'envahir. Incapable de réfléchir, je me jetai sur l'intruse, griffai, cognai, guidée par la seule volonté de détruire. Volcan vomissant son bonheur fracassé. Jeff n'eut pas le temps de réagir. C'était entre elle et moi. Une guerre qu'elle ne gagnerait pas.

Qu'ai-je fait? Devant la table en formica maculée de taches, je me répète cette question comme un mantra cruel. Impossible de me mentir. J'ai tué. Je n'ai pas la moindre idée de la manière dont je vais me sortir de ça. En revanche, une chose est sûre, la liberté d'aller où je veux est un luxe dont il faudra me passer. C'en est fini avec l'insouciance, peut-être que je ne pourrai même plus jamais aimer.

La porte du café est ouverte, y entre un vent froid aux relents de soupe. Je pense à la fuite, main tendue vers un ailleurs où il sera possible un jour d'effacer. Les scénarii se télescopent; tous commencent par «Je vais me lever sans trembler, je traverserai la salle, sortirai, prendrai la grande rue et la route...» Dans la glace, je me vois sans me reconnaître. Mes traits ont pris un sacré coup de vieux. Pourtant, dans mes prunelles, brille encore une petite étincelle, je la veux promesse d'espoir.

Tandis que le juke-box crachote son vieux blues, je ramasse la monnaie, bois une dernière gorgée et me lève.

Un mois plus tard

Elle me regarde l'air intrigué ; une coupe afro lui dessine un soleil autour du visage. Contraste avec sa silhouette empâtée. « À quoi tu penses, Molly ? » (Molly, c'est le prénom que j'ai donné ici, à mon arrivée.) Aucune envie de lui répondre, fatiguée de mentir depuis des semaines.

Des filles arrivent, c'est la pause. Sur le bitume, s'échouent les mégots couverts de rouge à lèvres bon marché. Je les écoute parler de leurs histoires de mecs. Rires, chuchotements... Ça dégoise à tout-va. Des sourires me sont adressés mais je ne parviens pas à entrer dans leur monde, mon esprit vagabonde, happé par le passé.

Me revient la première rencontre de Jeff, il y a six ans. C'était un après-midi comme les autres dans la boutique de disques qui m'employait. Mon boss fumait son joint au sous-sol, en écoutant au casque une rentrée de la semaine. Derrière la caisse, je lisais Libé.

La porte fit un bruit de jouet rouillé, elle s'ouvrit d'un coup sec plongeant la pièce dans un halo frontal d'où se détacha une silhouette de cow-boy. Il apparut, jeans sur santiags bleues nuit, stetson sur la tête ; il dit quelques mots d'une voix chaude, je crois qu'il cherchait un disque de Miles Davis. Il me fit penser à Clint Eastwood, émanait de lui une sensualité animale. J'imaginais les lieux qu'il avait traversés en mal d'aventures. À cette époque, ma vie était routinière, journées en boutique, soirs en concerts, tout en moi réclamait d'être chaviré.

Il s'est déplacé entre les bacs, on aurait dit un fauve. Parfois, il s'arrêtait, laissait sa main traîner sur une pochette de disque, puis reprenait sa quête jusqu'à ce qu'il dégotte le titre qu'il cherchait. Arrivé au comptoir pour payer, il a tiré d'un sac une liasse de billets. Quand il en ôta l'élastique, sa manche se releva, laissant voir sur sa peau un félin tatoué.

Tandis qu'il repartait, son vinyle sous le bras, mes yeux restaient scotchés sur le bas de son dos. Il a dû le sentir et se tourna avec un grand sourire, le regard fondant sur moi, je sentis alors un désir violent.

Ce qui est bien avec les cow-boys, c'est qu'ils ne s'encombrent pas de détails. Le soir même, en fermant la porte de la boutique, j'aperçus un grand type qui fumait sous le réverbère en face ; on se serait cru dans Règlement de comptes à O.K. Corral ou un film du genre. Était-ce l'effet du hash fumé par mon boss ? Non, c'était bien lui, il venait vers moi, plutôt, il glissait, prêt à bondir. Peur et excitation. « Bonsoir, on s'est vus tout à l'heure... Miles Davis... Vous vous souvenez ? On prend un verre ? »

Le verre, on ne l'a jamais pris. Il m'amena chez lui, on se retrouva vite sur le tapis persan, arrachant nos vêtements dans une lutte bestiale. De l'électricité émanait de nos corps. Le rythme se ralentit ; il fit onduler sa main sur mes courbes, appuyant à des endroits précis pour les éveiller. Ma peau frissonna, secouée par une saccade de désir. Nous fîmes un. Son souffle s'emplit d'un râle ; il enroulait ses doigts autour des miens, tirant mes bras comme des élastiques, tandis que dans mon ventre, irradiait le plaisir ; ses dents se plantèrent dans mon cou, un spasme violent alors me secoua, répandant sa magie le long de ma colonne. Ma tête se décrocha ; le réel s'éclipsa une seconde ; mes yeux se renversèrent dans une chaude convulsion.

Au bout de quelques heures, éveillée, je le regardai dormir. Sa beauté me bouleversa. Sous une barbe de trois jours, son visage affichait un rictus de mec un peu salaud ; je me demandais ce que j'allais vivre avec lui, une nuit, une histoire ?

Une semaine plus tard, il était évident qu'on ne se quitterait plus. Du moins c'est ce que je croyais. Il avait une mansarde avec vue sur la mer, je m'y suis installée.

« Molly, magne-toi ! Le chef arrive, si on prend trop de pause, c'est la retenue de paie ! » La responsable de rayon, une brune trop maquillée, me gueule dessus. Retour brutal au présent. Un présent où chaque seconde est comptée. J'écrase ma cigarette puis la suis. Traversée d'allées blafardes dans lesquelles grésille la voix de Desireless, « Voyage, voyage », je marche vers mon rayon en mode automate. Ce n'est pas l'intérêt du job qui me garde là mais il y a urgence, il faut manger.

J'avais espéré que le patron, ce type obèse affublé de l'étiquette Chef sur le revers de chemise me mettrait au rayon musique. Histoire de donner un sens au mot utilité. Il n'a rien voulu savoir, « On fait pas ce qu'on veut », avait-il marmonné en m'accompagnant au rayon Frais. Coincée entre lait et fromages, je suis gelée mais à la fin du mois, la paie tombe. Je me répète : « C'est un passage, je serai bientôt ailleurs. »

Je fais l'apprentissage de la cavale, cette sensation qu'à tout moment peut s'imposer la fuite. Je traverse des lieux, rencontre des gens qui ne seront jamais des amis car ils pourraient parler, je me fuis moi-même, à force de mentir aux autres, on en oublie qui on est vraiment.

Vingt-deux heures dix, la ville a enfilé son costume à paillettes. Derrière la fenêtre de l'hôtel, les tours une à une s'éclairent. Ça sent la bougie bon marché. Cette chambre exiguë est un lieu coupé du monde. Il fait chaud, je m'y sens en sécurité.

Je branche la radio, enlève mes vêtements et regarde dans le miroir, j'y vois une fille différente de celle avant les Gorse : mes cheveux sont courts, sombres, j'ai maigri, les tatouages prennent plus de place sur mon corps. Ils sont là pour me faire me souvenir d'où je viens, ce qui comptait pour moi. Matin et soir, mes yeux s'arrêtent sur eux pour retrouver le chemin de ma vérité.

Une colombe sur mon sein gauche raconte le jour où j'ai fui de chez ma mère, j'avais dix-sept ans, le sale bonhomme qui vivait avec elle avait fait un geste de plus. Un de trop. La colombe porte une tache de sang sur l'aile ; elle vole haut, libre.

Sur mon poignet, trois étoiles me rappellent la fête pour le premier disque de mon groupe, les Jimmy's. J'étais guitariste et des fois, je chantais. Quand le bassiste a été percuté par un camion, le groupe s'est arrêté. J'ai alors voulu effacer les étoiles, j'avais le cœur sonné, notre copain nous manquait.

Ces trois bouts d'éclats aujourd'hui me rassurent, ils racontent le son électrique de ma guitare, le plaisir de la scène.

Le téléphone pousse un hululement ; je bondis. Ça y est, ils m'ont trouvée ! Étau dans la poitrine. J'ouvre la fenêtre, impossible de sauter, troisième étage. Je suis prise au piège, ils vont me menotter et ce sera fini. Cinquième sonnerie. Je décroche. J'entends la voix traînante du standardiste : « Mademoiselle, une dame est là, elle dit qu'elle travaille avec vous, je fais monter ? »

Je m'entends acquiescer, soulagée. Des rires et un martèlement feutré de pas irréguliers arrivent à mes oreilles. J'ouvre la porte. Face à moi, June, la fille du rayon lingerie roucoule : « Honey, on sort faire la fête, tu viens avec nous ! » Est-ce l'euphorie d'être encore libre (cinq minutes avant je me voyais derrière les barreaux) ou bien l'envie de me laisser porter ? Je décide de la suivre. « Eh, tu t'habilles mieux ! On va écouter de la musique dans un club, fais briller ! » J'étale devant moi les quelques fripes de ma garde-robe et finis par choisir une jupe, un corsage, des talons hauts.

Dans la bagnole cabossée, deux occupants font plus ou moins l'amour à l'arrière dans un halo de fumée ; près d'eux, June colle ses yeux à la vitre, cherchant les lumières. Nous traversons les quartiers endormis. Le type qui conduit me glisse qu'il est chauffeur, la route n'a pas de secret pour lui. Les clubs du coin, il les a écumés à force de déposer les noctambules, « Là où je nous emmène, c'est le meilleur ! » Son regard brille ; sur le volant, ses deux mains miment le martèlement d'un tambour.

À l'entrée du club, le videur nous passe au crible. June susurre à son oreille en minaudant, les bras du type se lèvent, il pivote de côté et nous fait signe d'entrer. Sur une scène saturée de fumigènes, j'aperçois, entre deux perfectos, une fille longue comme une liane. Elle se tord autour d'une guitare d'où jaillit un son brutal. Une cascade de cheveux rouges descend sur ses épaules, ses bras musclés sont mouillés de sueur. Ce qui lui sert de robe est un jet de dentelles si court qu'il laisse tout voir. Ses jambes portent des cuissardes aux talons cambrés, leur noirceur contraste avec le blanc virginal de ses cuisses. Sa bouche carmin crie des paroles rebelles saupoudrées de velours. Elle a le visage d'une madone de Lippi, une beauté incendiaire.

Dans ce magma poisseux, corps et bras levés bougent au rythme fracassant de cette fille possédée. Je me surprends à rire et commence à danser. Mes mains, mes pieds volent, j'ai l'esprit tout entier absorbé par la scène. Me noyer dans la masse, oublier qui je suis, humaine ou animale. Mouvement dans le mouvement, je ne suis plus qu'une transe.

Et au milieu du monde à 2 heures du matin, j'oublie que j'ai tué.

June me fait signe du fond de la salle. J'avance vers elle, m'affale dans un fauteuil et m'endors jusqu'au matin.

Réveil brutal, un aspirateur me cogne la jambe: «Ma petite dame, la fête est finie... va falloir y aller!» Deux yeux noirs me scrutent, il faut déguerpir. Je traverse la salle vide, ça empeste la vinasse et le tabac froid. Devant le vestiaire, j'aperçois la chanteuse d'hier agrippée aux épaules d'un vieux plus petit qu'elle: «Dad, reste encore avec moi... Ta pétasse peut attendre une heure de plus.» La main du vieux s'échoue sur la joue de la fille. Où est passée la tigresse qui hurlait sur scène? Les yeux remplis de miel, elle est prise d'un fou rire de gamine.

Leur complicité me bouleverse. C'est de ça dont j'ai besoin. Un père. Un père à mes côtés. Le mien est sorti de ma vie il y a trente ans. Ne me reste que ce foutu souvenir d'un dos large et sombre qui s'éloigne. J'ai espéré des signes de lui, j'ai même songé parfois m'enfuir pour aller le trouver. La peur de me faire jeter me clouait au sol. Je lui ai alors construit une image de toutes pièces. Aux filles de l'école, je parlais d'un type qui faisait des fouilles au bout du monde.

Adolescente, je décidai de l'enterrer. Je disais: «Dimanche, je vais au cimetière sur la tombe de papa.» Ces mots sonnaient si juste que parfois j'en chialais. Peut-être aurais-je préféré que ce soit vrai, plutôt que de le savoir loin, libre, capable de vivre sa vie sans moi.

Il est l'heure d'aller le trouver. Avec ce qui s'est passé aux Gorse, personne ne m'aidera sur cette terre, personne, à part peut-être lui. Envie de croire au miracle de ses bras qui m'accueillent. Plus rien à perdre.

Paris. J'arrive par le pont baigné de lumière. J'entre dans l'île, le cœur serré de hâte et d'appréhension. Au bout de quelques mètres, un manteau de silence m'entoure. Les bruits de ville ont disparu, seul l'écho de mes talons sur la rue Saint-Louis.

Dans une galerie, les bronzes chauffent au soleil. L'un d'eux attire mon regard, c'est un couple posé sur un marbre, l'homme assis en tailleur offre son torse à la silhouette recroquevillée d'une femme, il la soulève telle une offrande. Je m'attarde sur chaque détail, surprise du désir qui monte en moi. C'est un désir triste, un désir qui se confronte au manque de l'autre. Je repense à Jeff, à nos moments de plaisir partagés. J'aimais la mystérieuse alchimie entre nos corps, à chaque étreinte elle se renouvelait, me laissant un goût d'éternité. Tiraillée entre l'attirance physique et le dégoût total de ses mensonges. Pourrai-je revivre un amour avec quelqu'un ?

Je reprends la marche vers l'appartement de mon père, dont ma mère détenait l'adresse. J'arrive. Deux lions de pierre montrent leurs griffes pour défendre un portique bleu lapis. De part et d'autre, un fleuriste, un boucher, deux commerces minuscules. Les fleurs dégueulent sur le pavé. Sur l'étal du boucher, les chairs déchiquetées attendent, cette odeur âcre, je la connais, c'est la même qui m'est montée au nez aux Gorse, celle que sentaient mes doigts après.

Des détails reviennent : les hurlements de la fille, ses griffures, mes coups de poing, la gorge que je serrais sans pouvoir arrêter, les yeux de la fille exorbités, et sous moi, son souffle qui diminue. J'ai très exactement, d'un coup, le souvenir de son souffle qui baisse sous ma pogne. Ma main se souvient. Tout mon corps se souvient, d'ailleurs il tremble, je dois me tenir à un pilier pour ne pas vaciller. Le claquement du portique me ramène. J'entre, me faufile sous le porche et traverse la cour.

Sur le mur, en face, un paon de pierre fait la roue. Au-dessus, un appartement cossu, trois immenses vitres laissant deviner de longues bibliothèques. Je m'assois sur les marches de l'escalier. En relevant la tête, je le vois.

Traits fidèles à la photo que j'avais volée dans les affaires de ma mère. À cela près qu'il a les cheveux gris. Il balaie l'horizon d'un regard, sa tête se penche légèrement vers la cour. Il ne me remarque pas. Comment le pourrait-il ? Ça fait si longtemps !

Mon père se trouve à quelques mètres, c'est encore un étranger. Je ne sais presque rien de lui, il ignore presque tout de moi. Il est encore temps de passer mon chemin. Il n'a jamais donné signe de vie, peut-être que ce serait mieux ainsi.

Le voilà à nouveau derrière la fenêtre, un chat sur le bras, sa main le caresse. La douceur qu'il prodigue à la bestiole me met mal à l'aise. Il lui donne ce qui m'a toujours manqué. Je me l'étais imaginé dur, incapable de s'attacher. Erreur. Son abandon puis son silence toutes ces années sont encore plus incompréhensibles.

La clenche du portique me fait sursauter. Je traverse la cour, sonne. « Qu'est-ce que c'est ? » Voix féminine au timbre étrangement familier… Ma propre voix ? Sans doute est-ce une hallucination auditive, je dois être perturbée.

La voix revient, cette voix est effectivement la mienne !
« Alors, qu'est-ce que c'est ?
– Je viens voir Monsieur.
– Premier étage. »

Je monte les marches quatre à quatre, obsédée par cette voix, je suis tellement curieuse de découvrir qui se cache derrière que j'en oublie presque les émotions multiples qui m'assaillent, quelques secondes et je reverrai mon père. Arrêter de penser, me concentrer sur l'action. Je reprends mon souffle et sonne.

Des pas à l'approche. J'entends tourner la clé, la porte s'ouvre dans des effluves d'épices. Dans l'embrasure, moi. Moi, dans un autre accoutrement, les cheveux coiffés, autrement, mais en dessous, mon corps, mon visage, mes yeux. Elle et moi restons là, face à face, immobiles, nos cerveaux tentent de reconstituer le puzzle avec ce morceau inattendu.

« Anna, qui est-ce ? » Je reconnais, derrière elle, l'homme de la fenêtre. Mon cœur bat à tout rompre. « C'est moi, Nin. »

Anna – elle s'appelle Anna – fait un pas en arrière. Me voilà face à mon père. Pas de rancœur, pas de tristesse, j'ai juste envie de me blottir dans ses bras. Ses bras qu'il ouvre. «Entre, Nin, viens.»

Nous passons dans le salon. Il se lance: «Je savais qu'un jour tu viendrais.» Je le regarde. Son visage est celui d'un homme heureux. La perspective de rester là, de cesser de fuir, la peur au ventre, me rassure. Je ravale mes questions, elles seront pour plus tard.

Un bruit de bris de verre rompt le silence. «Tu comptes nous expliquer?» Anna hurle, bouche tordue, yeux mauvais, elle vient de jeter au sol un vase en cristal. «Calme-toi, Anna...» Il s'approche d'elle, ramasse les débris et se rassied.

«Lorsque vous êtes nées, votre mère et moi ne nous entendions plus. J'étais toujours absent à cause de mon métier, votre mère ne le supportait pas; elle s'était éloignée pour finir par m'annoncer qu'il y avait quelqu'un d'autre. J'espérais que cette histoire s'arrêterait mais au bout de deux ans, rien n'avait changé; alors j'ai décidé de partir. Votre mère et moi avons passé un accord: chacun de nous élèverait une de vous deux. Quand vous seriez plus grandes, nous vous révélerions votre existence. Le temps a passé, je n'ai jamais eu le courage de t'en parler, Anna, ne sachant comment tu réagirais.
– Comme des objets! Un lit, une armoire que vous vous partagiez. Monstre! Tu es un monstre! Ma mère, je ne veux pas en entendre parler, elle n'a rien fait pour me connaître! Mais toi! Toi qui prends ton café avec moi tous les matins depuis toutes ces années, avec tes Ma chérie! DE LA MERDE, ton amour, voilà c'que c'est, t'as écouté que toi, tu nous as privées toutes les deux d'une sœur, ça me révulse!»

Anna s'effondre dans le fauteuil, yeux remplis de larmes. Elle se tourne vers moi, attendant sans doute ma solidarité.

Mais je reste muette. Je ne ressens rien et ne peux formuler quoi que ce soit. J'observe Anna avec l'impression étrange de l'avoir toujours connue. À bien y réfléchir, il m'arrivait de me sentir amputée, la solitude alors me pesait doublement. Son existence explique tout.

Je la détaille de la tête aux pieds, elle est à la fois moi, à la fois tellement différente. À ses oreilles brillent deux diamants ronds ; ses cheveux courts dessinent sur son front le ciselé d'une couronne. Sur ses yeux ourlés de mauve, des cils veloutés battent comme des ailes de papillon. Sa silhouette est gracile, un torse de danseuse, une chemise d'homme blanche souligne dans la pénombre la finesse de ses seins. Une montre imposante ornée de fins brillants entoure son poignet. À ses pieds des escarpins vernis aux talons vertigineux. Elle a sur la cheville, caché à l'intérieur, le dessin d'une rose. Quand elle s'assoit, le bas du jeans remonte, laissant voir sur la fleur une abeille qui butine.

Lorsqu'elle penche la tête, je devine sur sa nuque les fins traits d'une estampe, un long oiseau volant au-dessus d'un étang. D'elle émane un parfum lancinant, un suc provoquant qui saoule un peu la tête. Probable qu'elle suscite autour d'elle avec ça des envies de voyage tout au bout de la terre. Je cherche ce que ça sent. Oud, peut-être ? Benjoin, sûrement.

Elle traverse la pièce comme en apesanteur, s'arrête devant la vitre, observe l'horizon, puis elle fait demi-tour, sort d'un tiroir une cigarette qu'elle fait tanguer entre ses doigts, l'allume finalement puis aspire une longue bouffée. Elle s'approche, pousse un pouf de Kilim, s'assied face à moi et passe ses bras autour de mon cou. Ses yeux sont deux lampes incandescentes. « J'ai une sœur ! C'est l'essentiel ! »

Son humeur s'est métamorphosée, plus rien n'existe, il n'y a plus que nous deux. Je me surprends moi-même à la serrer fort, je sens dans mes veines une vibration intense, un élan qui remonte de plus loin que ce que me raconte ma mémoire, je suis complétée d'un morceau qui manquait. Notre père s'approche de nous et complète l'accolade, on sent sur nos cheveux ses pognes chaleureuses. Je crois bien que c'est là, très exactement là, que je lâche: «Je suis en fuite. J'ai tué la femme qui m'a volé mon homme, qui m'a volé ma vie. J'ai besoin de vous. Seule, je n'y arriverai pas.»

La phrase claque comme un fouet. Mon père s'assoit; ma sœur me regarde effarée. Ils me somment de raconter les faits. Ma bouche se vide des événements sans omettre de détail. Libération, ça ne m'était jamais arrivé!

Ils m'écoutent attentivement, pendant que je parle, je guette leurs réactions et remarque qu'ils ne se départissent pas d'un regard bienveillant. En venant ici, j'ai fait le bon choix. Ma sœur s'approche, caresse ma joue. «Ma pauvre chérie!» Mon père lâche: «Je vais t'aider, ils ne te trouveront pas.»

Jeff a pris dès les premiers jours de notre rencontre une place centrale dans ma vie. Je m'y attachai plus puissamment que je ne l'aurais imaginé. Par l'abandon ou la violence, mon père et mon beau-père avaient laissé en moi une peur de l'homme. En faire entrer un dans ma vie, c'était prendre le risque de souffrir, d'être quittée ou maltraitée. Avant Jeff, je ne connus donc aucun amour.

Son timbre de voix chaude, sa carrure virile et impressionnante, la manière dont il gérait sa vie, passant avec aisance de chez lui à l'autre coin du globe, me donnaient l'impression d'une présence protectrice rassurante.

La passion qu'il mettait dans ce qu'il racontait de sa traque des photos, son émotion palpable face à un cliché qui lui avait particulièrement plu, faisait écho à ma sensibilité artistique. Pour lui c'était la photo, pour moi la musique. J'aimais ce que ses yeux captaient, j'admirais son talent.

Le peu que je savais de son passé finissait de me le rendre attachant, ses parents sans le sou, ses jobs pour se payer un premier appareil, son succès auprès des filles, un dernier amour qui s'était suicidé.

Au fil des jours, je compris qu'il me fallait accepter une vie dans laquelle il y aurait des jours avec et des jours sans lui. J'interprétais ses absences comme autant de mystères me le rendant plus attirant. Je le croyais fidèle et buvais ses paroles : « Je ne pourrais jamais me passer de toi. »

J'étais flattée quand nous entrions quelque part. Les yeux des femmes fondaient sur lui, c'était avec moi qu'il était. Sa force, sa puissance… À ses côtés, je me sentais invincible.

Le désir d'un enfant est apparu comme une évidence pour moi, il viendrait consolider le monde d'illusions que je m'étais créé. Jeff ne disait pas non, il me laissait me focaliser là-dessus, tandis que son détachement allait croissant.

C'était un après-midi comme les autres. Il avait fini par m'accompagner dans cette clinique. Depuis plus de deux ans, nous essayions de concevoir, ça ne marchait pas. Déception, culpabilité. Notre couple ne tenait plus qu'à un fil. Je ne me résignais pas à nous laisser sombrer, je décidai de prendre les choses en main.

Nous étions dans le bureau du médecin. Je me souviens qu'il y avait derrière son fauteuil une affiche de L'année du dragon, avec la tête de Rourke en gros plan. Il nous a regardés, mal à l'aise ; ses doigts ont corné nerveusement le bord de mon dossier, il cherchait ses mots. Puis sa voix s'est fait entendre calme, précise : « Au vu des résultats, il s'avère que ce ne sera pas possible de concevoir naturellement. Désolé. » Mes oreilles se sont mises à bourdonner.
« Il n'y a pas d'alternative ? Aucune opération possible ?
– Non. Pas d'alternative en ce qui vous concerne. »

Jeff ne disait rien. Me voyant désemparée, le toubib crut bon d'embrayer : « Ce n'est plus de mon ressort mais vous devriez peut-être songer à l'adoption. » Je n'y pensais pas à ce moment ; ce dont j'avais rêvé, c'était un enfant à moi, à nous et ça m'échappait complètement.

Repartis dans la vieille MG, silence total. J'avais cru que Jeff allait me parler et me réconforter, mais il s'est tu. C'était bon ce silence, finalement, après les mots du médecin. On a passé la soirée lovés l'un contre l'autre, ma tête dans son cou pour capter la chaleur.

Le lendemain, chacun est reparti vers son monde. Moi à vendre des disques. Lui à faire des photos. Le fait de comprendre pourquoi nous n'arrivions pas à concevoir semblait avoir apaisé une tension. Mais la tristesse me rongea peu à peu. Lui fit plus de voyages. Que ressentait-il vraiment ? Étions-nous destinés l'un et l'autre à vivre sans enfant ? Allait-il me quitter pour devenir père avec une autre ?

Un grattement contre la porte me tire du sommeil. Mon père entre, s'assied sur mon lit. Il porte des mules de velours. Il remarque que je les fixe.
«Ce sont des mules vénitiennes. J'en ramène régulièrement.
– Tu vas souvent à Venise?
– La moitié de l'année. Ta grand-mère y vit. Une partie de mon travail se déroule là-bas, j'y vends des tableaux.»

Il dépose sur le chevet une liasse de billets.
«Pour tes faux frais, vêtements, coiffeur, prends soin de toi.
– Merci.
– Ah, j'oubliais, évite de sortir avec ta sœur, ça peut éveiller les soupçons. Sors seule, les gens d'ici te prendront pour Anna... Comme ça, incognito.»

J'ai à peine le temps d'acquiescer, il a tourné les talons, me laissant replonger dans le sommeil.

À mon réveil, je vais dans le salon. Je hume, touche; mes doigts courent sur la tranche des livres, art, photographie, il y en a une quantité impressionnante. J'arrive dans l'entrée; face à moi, une porte couverte de soie. Pas de réponse quand je frappe. J'actionne la poignée, entre. Un cube de lumière, le soleil s'y jette au travers d'une grande verrière. De çà, de là, le mouvement des nuages dessine sur le parquet des ombres ondulantes.

L'espace est jonché de fauteuils, de toiles posées sur des chevalets. Mathieu, Basquiat, Dubuffet... Devant l'un des tableaux, je m'arrête net : une étendue de blanc coupée par une ligne vermillon ponctuée d'un magma noir, est-ce du sable, de la terre ? Ce point épais, sale, pourrait être une représentation symbolique de la peur tapie en moi qui reparaît, vrombit dans ma tête pour m'assaillir tout entière. Imagination d'un scénario tragique, des barreaux de fenêtre, moi derrière et le temps qui s'égrène, les mois puis les années.

Du bruit me ramène au réel. J'entends au loin des voix couvertes par le tambour des casseroles ; le personnel de maison doit préparer le repas. J'emprunte le couloir en face. Deux portes fermées à clés, une troisième cède sous ma poussée. Visiblement la chambre d'Anna, les vêtements qu'elle portait hier sont en boule au fond du lit.

Sur le chevet, une pile de livres cornés, poésie, polars, d'imposants flacons de parfums, un dessin d'enfant, une lettre manuscrite fermée en provenance de Tokyo.

Contre le mur, deux armoires en merisier ; j'ouvre la première, en sors un parfum de lavande. Sur les étagères, des vêtements d'enfant rangés en piles régulières. Au fond, un ours en peluche me dévisage. Je le saisis, le porte à mon nez, odeur âcre de lait caillé. En le reposant, je remarque qu'un de ses bras pendouille.

L'autre armoire, plus grande, contient des robes, des vestes, une quantité de jeans de toutes les nuances de bleus. Je m'apprête à ouvrir un tiroir quand je sens une présence derrière moi ; je me retourne. Anna. Je ne l'avais pas entendue arriver. Elle a un air de gamin écorché ; à sa courbure d'épaules on dirait qu'elle porte des kilos de caillasses ; ses prunelles, un abîme insondable, une larme laisse une traînée noire sur sa joue. Ses doigts nerveux tirent sur ses manches tandis que ses jambes bougent de manière saccadée.

Je m'attends à ce que mon intrusion provoque sa colère, il n'en est rien. Elle passe devant moi, me pousse pour se jeter sur le lit en beuglant : « Sors ! Sors j'te dis... j'veux être seule ! » Éclipsé, le filet délicat d'hier ; un jet de salive a giclé sur le drap finissant la métamorphose.

Je reste là sans savoir que faire, d'autant plus troublée qu'Anna me ressemble beaucoup, que c'est ma voix que j'entends dans la sienne. On vient me tirer d'embarras.

« Madame Nin, je suppose ? Je suis la cuisinière de votre père. » Elle remarque mon soulagement, place sa pogne dodue sur mon bras, nous sortons dans le couloir.
« Anna fait souvent ce genre de crises ? »
Elle lâche un profond soupir.
« Votre père ne vous a pas avertie. »
Signe négatif de la tête.
« Elle est malade... Ça peut être violent... Je comprends que c'est rude de la voir comme ça quand on n'est pas prévenue... Venez prendre quelque chose à la cuisine, ça va vous requinquer.
– Sa maladie, qu'est-ce que c'est ?
– Psychose... C'est ce que les médecins ont dit. Maintenant qu'elle est suivie, votre père est rassuré. C'est pour le petit que c'est plus dur. Il n'a pas choisi de moins voir sa mère...
– Le petit ?
– Votre neveu, Natsuo. Il vit chez son père, à Tokyo. Il était avec nous au début, mais votre sœur avait régulièrement des crises, ça le perturbait beaucoup ; alors, le père a demandé à le récupérer. Ça a brisé le cœur de votre père et nous, on s'y était attachés au gamin ; votre sœur, au début, elle pleurait beau-

coup puis elle a fini par s'y faire... De toute façon, elle n'avait pas le choix. Tenez, buvez votre chocolat, il va refroidir.»

J'observe cette femme gironde ; une tignasse rousse graissée par la vapeur des soupes, des joues couperosées encadrant un large sourire, deux bras dodus sous des manches retroussées qui s'affairent, touillent sans cesse. Je tends mes narines vers les fourneaux ; un souvenir me revient : moi, enfant, dans les jambes de la nourrice, je cherchais d'où partait cet effluve de vin blanc, laurier, champignons, miel aux notes forestières. Je sentis d'un coup sur mon épaule l'empreinte d'une main ferme qui se posa et me guida vers la cuillère qui contenait un morceau de chair tendre.

Les paupières closes, je goûtai. Sur mes papilles, les saveurs abondèrent, je fis tourner ma langue pour mieux sentir le morceau de viande chaud et sucré comme un bonbon qui vient de rôtir, il fondit pour couler doucement dans ma gorge. Je rouvris les yeux et trouvai le visage radieux de cette femme, ses prunelles noires brillaient du plaisir de ceux qui ont transmis.

Peut-être aurais-je dû fouiller les poches de Jeff, mais je ne suis pas d'un naturel méfiant. Il inventait de plus en plus d'excuses pour être absent, pourtant, je persistais à croire qu'il tenait à nous.

Je me rappelle ce concert. Devant la scène, au milieu des corps qui se déhanchaient, il était là, immobile, absent. Je distinguai alors à quelques mètres une fille blonde comme les blés qui lui faisait signe. Quelque chose en moi hurlait : «Il ne t'aime plus !» Ce fut aussitôt balayé par le souvenir de nos ébats de la nuit précédente.

Et que penser de cet anniversaire auquel il ne vint même pas ? J'étais là dans le lieu de notre première rencontre. Réverbère face à la boutique de disques, parking désert : tout était identique, à ce détail près qu'il manquait le cow-boy. Je ne quittai pas ma montre des yeux, les minutes défilaient, il ne viendrait plus. Je rentrai finalement ivre et trouvai la maison vide.

Les chiens sentent la tristesse de leurs maîtres. Je m'écroulai dans le sofa et sentis sur ma joue la truffe de Sandro. Il prit dans sa gueule une balle puis me donna des coups de tête répétitifs pour signifier le top d'une partie qui commence. Je tenais à peine debout mais fourrai dans son pelage ma tête et mon chagrin ; je reniflai son odeur, sa bonne odeur de gros chien, et lui ouvris mon cœur. Je lui parlai, parfois interrompue par une crise de larmes. Peut-être se demandait-il, il en aurait eu le droit, pourquoi ses frères humains se font autant de mal ?

Puis je restai en silence près de mon animal assoupi. Je saisis la vieille balle, la lançai dans la pièce ; quand le jouet rebondit, les deux yeux de Sandro se rouvrirent, il bondit, se mit à courir, rapporta le joujou. Je recommençai, on savait lui et moi qu'on allait continuer jusqu'à ce que la pièce résonne d'un rire léger.

Un jour, Jeff m'appela de Toronto pour m'annoncer qu'il devait y rester. J'étais occupée, la boutique était en inventaire. Je ne cherchai pas à le faire rentrer plus vite. Son séjour commença à durer, les appels étaient rares. Je mettais ça sur le compte de la surcharge de travail. Puis il avait fini par prendre le chemin du retour.

Je sentis que quelque chose avait changé, la subtile distance qui s'estompait généralement au bout de quelques heures restait tenace. Sa main ne cherchait plus mes doigts, sa pensée s'envolait souvent. J'avais aussi noté qu'il ne portait plus la chaîne que je lui avais offerte, mais je n'avais rien dit. Trop peur d'entendre quelque chose qui aurait mis en péril notre histoire.

Nous reprîmes une vie commune, chacun la tête enfouie dans ses secrets. Le sujet de faire ensemble un enfant disparut, nous aurions pu nous tourner vers l'adoption mais le dossier stagnait dans la pile de courrier.

Puis eut lieu la soirée chez Anton. Lâcher les amarres, refaire le monde avec d'autres me tentait, je m'étais décidée à l'y suivre. Nous arrivâmes en pleine nuit ; la propriété s'étendait sur plusieurs hectares. Des éclats de rires fusaient des baies ouvertes, sur la terrasse, les fumeurs devisaient, on entendait deux guitares se répondre sur un air espagnol. Ceux que nous connaissions nous joignirent à leurs discussions, bientôt, mes jambes purent difficilement me porter, l'effet du vin, sans doute, ou d'une tristesse qui me rongeait.

J'observais Jeff sans qu'il me voie. Il fanfaronnait au bout de la salle, le verre levé au milieu d'un groupe. Il parlait fort, on n'entendait que lui. À chaque question posée, son torse se bombait, le verre se vidait, la parade reprenait.

Vers 1 heure du matin, une fille est arrivée, elle avait une allure particulière. Veste de cuir, robe fine s'accrochant à ses formes, pendentif ethnique se balançant entre les seins. Au milieu de son visage parsemé de son, deux grands yeux verts, et ce sourire... Un sourire carnassier qui laisse voir des dents prêtes à mordre contre un peu d'aventures.

Elle sentait l'effet qu'elle faisait sur son passage, cela se voyait à ses gestes rodés tels le passage de sa main fine sur ses cheveux bouclés. Sa face de poupée opérait une danse, le regard dominant les mâles de l'assemblée. Elle posa son céans sur un tabouret, commanda un cocktail aux teintes de flamant rose ; ses longs ongles brillants cliquetaient sur la coupe tandis que commencèrent à tourner les vautours.

Partir. Envie d'être loin. Très loin d'ici.

Je tentai de bouger, mais mes pieds étaient collés au sol, je ne pouvais que regarder. Jeff délaissa sa cour pour fendre d'un trait la foule, il bouscula une poule complètement éméchée, renversa sur le sol son verre à demi plein et puis se faufila jusqu'à la fille en cuir ; je me mis à deviner ce qu'ils allaient se dire, sentant comme des pics dans le creux de mon cœur, le mouvement de leurs corps se mit à l'unisson, Jeff la mangeait des yeux, elle était en extase. Sa longue chevelure se projeta en arrière quand la main de Jeff effleura sa pommette.

Leurs silhouettes bougeaient dans un rythme cadencé. Un halo lumineux entourait leurs deux têtes ; de la bouche de Jeff, fusaient des rires nerveux. Je ne l'avais plus entendu rire ainsi depuis longtemps, cette pensée me mit le cœur en miettes.

Je domptai l'ivresse pour récupérer mes affaires, sortir, entrer dans la voiture. Je tombai alors dans un sommeil comateux jusqu'à mon réveil le lendemain près de Jeff. C'était lui qui avait dû me porter jusqu'à notre lit, je ne me souvenais de rien. Près de moi, il ronflait, et malgré l'odeur de whisky qui se dégageait de ses vêtements, je le trouvai irrésistible. Hier avait disparu, il y avait lui, moi, aujourd'hui et demain.

Dans la bibliothèque de mon père, mes yeux fixent un ouvrage. Je l'ouvre et tombe sur la phrase d'Horace «Ira furor brevis est». On la dirait écrite pour moi. Ce qui s'empara de moi au champ des Gorse, n'était-ce pas de la furie? A-t-elle disparu pour toujours ou ressurgira-t-elle? Est-ce que je suis coupable? Victime? Est-on coupable quand on venge son amour bafoué? Tuer une rivale est-il un crime ou juste réparation?

Pour dire la vérité, je ne me sens pas coupable. Je ne me suis jamais sentie coupable, j'ai fait justice, j'ai éliminé celle qui m'a volé mon amour, ma vie.

Le chat vient se lover contre moi. Je ressens une proximité avec lui. Il sait bien, lui, ce qu'est bondir, sentir dans ses veines enfler la violence qui conduira à l'assaut final, il sait la sensation de la proie qui s'éteint sous la patte. La bête qui dormait en moi et fut lâchée au champ de Gorse n'avait-elle pas rongé sa laisse depuis longtemps?

L'injustice combattue au champ des Gorse, je le comprends maintenant, c'est la somme de toutes les injustices que j'aie subies. La maîtresse de Jeff a été celle de trop. Les coups, les cris, les gestes déplacés de la brute épousée en secondes noces par ma mère, les abus subis dans le silence de peur que la violence décuple, sans personne pour me défendre ou me protéger, tout cela n'avait-il pas nourri la furie de la bête?

Venise. Je marche près d'une vieille femme cintrée dans un tailleur en tweed. De son col fermé, s'étirent cou et visage marqués par les années. Chignon d'argent dressé, elle brave la bourrasque, bras lestés de filets, poussant, essoufflée, sur les dalles de la via Garibaldi ; je tente de lui prendre un sac mais elle râle en relevant la tête. Cet échalas revenu des Maldives, c'est la Nonna, la mère de mon père.

Nous dépassons une gondole couverte de salades de Trévise, d'asperges de Vénétie. Quand une odeur de marée envahit nos narines, nous arrivons à la poissonnerie. Elle énonce sa commande au nez d'un grand barbu qui trépigne sous un tablier en plastique ; deux paluches velues agrippent un poisson plat, puis des sèches. « Stasera, spaghetti al nero di seppia* », fredonne-t-elle.

Elle fouille dans son sac, place quelques sous dans la pogne du bonhomme et nous voilà parties vers le bar à vin. Suivre

---

* Ce soir, spaghetti à l'encre de seiche.

le mouvement, siffler mon ombra di vino en la redécouvrant. La tête me tourne, je n'entends plus que des bribes de ce qu'elle me raconte dans un dialecte dont je perçois la moitié du sens. Elle remarque la larme qui tombe sur ma joue, l'essuie et me demande si tout va bien : « Ah tu n'as pas l'habitude, c'est un vin un peu fort, non ? »

Je ne lui avoue pas que je suis émue. Émue d'être près d'elle, émue du temps perdu à jamais, ce temps où j'aurais pu m'accrocher à sa jupe, où elle aurait adouci ma vie.

Nous reprenons le chemin de la maison. Elle lève le nez vers les nuages, me confie qu'elle est heureuse que mon père soit venu à la Biennale, que nous nous soyons retrouvés, Anna, lui et moi. Elle m'indique un banc face aux gondoles, s'affale et commence : « Tu sais, ton père, le fait qu'il t'a laissée derrière lui... Je n'ai pas compris... Je lui en ai voulu... Avec les années, j'ai bien dû accepter sa décision. »

Elle m'explique que mon père a fui ma mère, « elle a fait quelque chose d'abject » me dit-elle, sans approfondir puis passe à l'arrivée de mon père à Venise, il y a des années. Amaigri, replié sur lui-même, il se laissait aller, buvait trop. Elle avait cru qu'il ne s'en sortirait pas, elle avait pris en charge ma sœur et l'avait présenté à un ami de la famille, Zanni, qui lui avait fait partager son goût pour la peinture et lui avait montré le métier de marchand d'art.

« Et Anna ? demandai-je.
– Ça a été compliqué pour Anna. Elle devait faire face à l'absence de sa mère, à son père qui fuyait dans l'alcool. Elle se faisait renvoyer, il fallait sans cesse chercher une autre école ; j'étais usée de me débattre à la recherche de solutions pour qu'elle puisse devenir quelqu'un. En âge de quitter l'école,

elle est restée a casa avec une seule idée en tête, devenir écrivain. Un jour, ça a marché. Ce qu'elle avait écrit en secret dans sa grande chambre sous les toits a donné un livre publié. Reconnu en Italie, un best-seller. Tout chaotique qu'est son esprit, elle a du génie.
– Nonna, mon père était-il triste de mon absence pendant toutes ces années ? »

Pourquoi est-ce que je pose cette question ? Que peut-elle me répondre à ça ? Un mensonge sûrement. Pour ne pas l'entendre, je me saisis des sacs et la devance. Elle me rattrape, nous entrons dans le vestibule ; elle ouvre le vaisselier, sort deux verres, nous sert une liqueur et plonge ses yeux gris dans les miens :
« Et toi, comment as-tu fait toutes ces années sans père ? »
Je vois le poids du chagrin s'avachir sur sa silhouette.
« Je fais souvent un rêve qui symbolise assez bien ce que j'ai ressenti : une grande porte s'ouvre, capturant la blancheur de la lune. Il y a un homme. Il place son fusil sur l'épaule, tousse violemment et referme derrière lui. J'entends alors les pas lourds de sa carcasse encore ensommeillée craquer sur les feuilles sèches dehors. Tic-tac de l'horloge puis vacarme assourdissant au fond de la pièce. Une vieille tapisserie mitée chute au sol. Je vois mes petits chaussons d'enfant, ils se retrouvent face à une armée de guerriers, certains victorieux brandissant une lance, d'autres dans un bain de sang portant leur dernier assaut. Je cours alors vers la porte ; mon cœur cogne comme un fou ; j'ouvre, je suis le chemin pris maintes fois de jour avec lui. Au bout de quelques minutes, couverte de sueur, haletante, je vois cette ombre d'ours piquetée d'étoiles, le fusil brinquebalant sur le dos et je crie Papa, emmène-moi ! »

Je lui révèle des pans de mon histoire en omettant le champ des Gorse.

«Et ta mère, tu la revois?
– Non!»

Elle se lève, fouille dans son sac, et me tend une carte. «Ce psychanalyste fait des miracles, je règle les séances, fais-le pour t'alléger de tout ça, carina mia.» Mes yeux fixent la carte, je tente d'identifier ce que je ressens encore à propos de ma mère. Il y a eu la colère face à son incapacité de s'interposer entre la brute qu'elle avait épousée et moi. Puis le détachement. Complet. C'est là que j'en suis aujourd'hui.

«De 20 à 23 heures, Anna sort, ensuite tu iras; même tenue, même maquillage, personne ne fera de différence, vous pourrez profiter toutes les deux de la soirée.» Le plan de mon père est judicieux.

Anna vient de rentrer, je récupère ses vêtements et me prépare. Ressemblance parfaite. J'accroche à mes oreilles des saphirs, mets du rouge sur mes lèvres et sors. Marche pénible sur les pavés, pas l'habitude de talons aussi hauts. Sur le chemin, des couples se pressent en chuchotant, un groupe se sépare, les lumières des terrasses s'éteignent.

J'arrive à la Biennale, un parterre noir de monde s'agite dans tous les sens, artistes, galeristes, mécènes, ils se reconnaissent, se saluent; je traverse la foule, tête baissée avec la peur tenace d'être reconnue. J'entre dans une pièce lumineuse saturée de tableaux; au milieu, mon père, main levée vers une toile de Basquiat parle avec un type qui semble à peine l'écouter.

Approche, malgré une voix intérieure qui me susurre: «Recule, méfie-toi.» Mon père lance à l'autre: «Je vous présente ma fille!» Réponse lapidaire: «Laquelle?» Je me sens défaillir, mon père s'en aperçoit, il tourne les talons, pose sa main sur l'épaule du bonhomme. «Vous n'avez pas vu le Staël, c'est une merveille!»

Les voilà tous les deux partis à l'opposé, la longue carcasse du type ondule en hésitant, mon père me jette un œil d'un air de dire «sauve-toi», je file comme une flèche, fends la foule, je sors, descends l'escalier, tâtonne sur les graviers humides pour me faufiler du côté sombre de la cour. Je me déchausse pour aller plus vite, le sol est glacial mais la peur anesthésie. Peur des barreaux, peur que ma vie ne m'appartienne plus. Chaque craquement de feuille d'arbre me serre le cœur. Je me retourne, vois au loin sur l'escalier la silhouette du type qui était tout à l'heure avec mon père. Il tourne la tête de tous côtés, l'air nerveux, il me cherche sûrement, il me cherche mais j'ai de l'avance. Espoir. Tandis qu'il commence à marcher dans ma direction, j'accélère le pas, surtout ne pas courir, je veux qu'il croie que je ne l'ai pas repéré, passer le mur, après le mur, je ne serai plus visible, je pourrai détaler.

Ça y est, j'y suis, le mur est derrière moi, je me mets à courir à toute allure, je suis un mouvement perpétuel, mes jambes se décrochent du tronc, les pavés défilent, je ne vois plus qu'une traînée grise qui défile sous mes pieds, ne plus lever la tête, surtout, ne pas tomber. Mes pieds sont en sang, je maudis le sol de Venise, j'ai l'esprit confus, mais mon corps est lancé vers l'avant, je sens derrière moi la présence de mon ennemi, elle n'est ni loin ni proche, elle est, elle me traque et ne lâchera pas. Je me répète Tu as de l'avance, mais cette phrase n'a plus de sens, rien n'a plus de sens si ce n'est ce duel entre lui et moi, le chasseur et la bête traquée; dans ma tête, soudain un combat entre la tentation de me retourner pour évaluer la distance qui nous sépare (c'est prendre le risque de me ralentir), ou avancer en restant focalisée sur le sol pour ne pas chuter. Une entorse et tout serait fini.

Soudain, une porte cochère claque. Un couple sort ; je me faufile. Coincée derrière, incapable du moindre mouvement, je me tiens à l'affût des sons. Au bout de quelques secondes, j'entends raisonner dehors des pas de course qui s'arrêtent net juste derrière. L'épaisseur du bois de la porte me sépare de la prison. Par réflexe, je retiens ma respiration, mon ventre se noue. Les fers des chaussures recommencent à marteler les dalles, ça s'éloigne, ça revient, mon traqueur semé panique, je l'entends vociférer « sale pute » ! Je me surprends à prier, moi qui ne crois en rien.

Qui est ce type, un policier, un enquêteur, un homme de main de la famille de la fille que j'ai tuée ?

Les pas reprennent, violents. J'imagine qu'il inspecte tous les recoins de la place. Je retiens une envie d'éternuer en respirant profondément. Enfin son éloignement progressif... J'ai du mal à y croire et reste figée. Et puis je finis par me décoller de la porte, épuisée, mes pieds, mes jambes sont des glaçons ; je traverse le porche de cette demeure italienne. J'aperçois de la lumière à certaines fenêtres, personne ne semble m'avoir remarquée. Instinctivement, j'emprunte l'escalier. Les murmures et la musique provenant des appartements me sécurisent. Je m'assieds sur une marche, masse mes orteils endoloris, la chaleur du tapis me réchauffe tout entière.

Un arôme de melanzane grillées parvient à mes narines, j'ai brusquement très faim.

J'aperçois en bas un atelier, un filet de lumière permet de distinguer l'intérieur vide. Seul mouvement, celui des masques qui pendent au plafond. Je décide de passer la nuit-là. Je pousse la porte, me dirige à tâtons, le sol est jonché de peintures, papiers, cuirs ; les masques dansent au-dessus de ma tête, certains rieurs, d'autres effrayants. Au fond, un vieux fauteuil me tend ses bras ; je m'effondre exténuée et m'endors aussitôt.

Une sensation humide sur les doigts me réveille au matin. Les yeux mi-ouverts, je fais face à un setter irlandais, il me lèche la main généreusement et semble se demander ce que je fais à sa place.

Le soleil a envahi l'espace, je distingue maintenant les détails de la pièce : les fils qui retiennent les masques bougent au gré du vent qui s'engouffre par la porte, un bal se tient au-dessus de moi, des visages se penchent, d'autres tournent sur eux-mêmes, ces danseurs se frôlent, s'éloignent, puis se refrôlent. Rêve éveillé stoppé net par le bruit d'un pas à l'approche : un homme d'une soixantaine d'années. Petit, mince, bouche mâchouillant une pipe fumante. Ses yeux s'allument lorsqu'il m'aperçoit.

« Chien, on a de la visite ... Peut-on quelque chose pour vous, Mademoiselle ... Vous ressemblez à la fille de Tano Figaloti...
– Je suis sa fille en effet. Excusez-moi, Je suis entrée cette nuit, j'avais besoin d'un endroit pour dormir. »

Il marque un temps d'arrêt. De par ses activités, je sais que mon père est connu. Sans mot, il se tourne pour déclencher la machine à café. Il me tend une tasse, me regarde de la tête aux pieds et tourne la tête vers les vitres.

« Si vous voulez faire un brin de toilette, manger un morceau, l'appartement est au premier. » Certaines personnes inspirent d'emblée confiance. Je saisis la clé qu'il me tend. « Il y a dans la chambre des vêtements qui pourraient vous aller, servez-vous ! »

Appartement de l'artisan. Une entrée, deux sofas entourent une cheminée ; sur une tablette, des livres empilés jouxtent des disques de Nino Rota, une odeur rance flotte dans l'air. Au sol, le coussin du chien en boule, dessus, un vieil os rongé. La cuisine, des murs ocre, une fenêtre immense ouverte sur la terrasse. Au mur, des casseroles de cuivre, dessous, un meuble qui contient le nécessaire pour nourrir une famille, ustensiles, produits sont intacts...

Une table de bois, sa surface jonchée d'entailles plus ou moins profondes, des tiroirs remplis de couverts dépareillés. Une bouteille de chianti à demi entamée, du vinaigre, des huiles de toutes sortes. Dans une corbeille, du pain coupé.

Sur la terrasse, une petite table ronde entourée de deux chaises, l'une d'elle au cannage troué. Sur la table, une assiette ; dedans, des restes de fromage, un morceau de pain sec. Je vide, lave l'assiette, me sers du pain frais avec un morceau de prosciutto ; deux grands verres d'eau et je ressors dans le couloir, l'oreille happée par un son qui crachote, un vieux poste de radio clame dans la salle de bains une tarentelle entrecoupée par une voix nasillarde. Parfums, rouges à lèvres, brosses couverts de poussière. La vie a quitté cet endroit. Vite, se dénuder, glisser sous la douche, se laver et ressortir.

J'entre dans la chambre du fond pour trouver un vêtement. Dès les premiers pas à l'intérieur, une chose impalpable retient mes jambes. Je fais demi-tour et renfile ma robe de la veille. Dernier coup d'œil à cet univers désolé, j'imagine qu'un cataclysme est venu transformer un couple en une île désertée, j'imagine que l'atelier est le seul refuge de mon hôte désormais, le chien, son seul lien.

« Vous voilà revenue... Les vêtements de ma femme ne vous allaient pas ? J'aurais cru pourtant...
– Je préfère garder ma robe, merci. »
J'appelle aussitôt mon père, nous nous fixons rendez-vous à 18 heures devant San Giorgio Maggiore.
« Mettez ça pour sortir, ça vous cachera. »
Il me donne une large cape avec une capuche.

Sur le chemin j'ai peur que mon père me fasse faux bond. Et s'il me laissait derrière lui comme il l'a déjà fait quand j'étais petite ? Le vaporetto accoste près du damier de marbre de San Giorgio, tremblant comme une feuille, je le vois, il est là, entre deux piliers. Il me prend dans ses bras puis nous entrons dans la basilique, prenons une place au fond pour être tranquilles.

« Cet homme qui te poursuit, il m'avait dit qu'il était amateur d'art, en fait c'est un tueur, un type qui a été payé pour t'éliminer.
– Il ne me lâchera jamais, donc...
– Je vais m'en occuper. »

Cette seule phrase exprimant une autorité insoupçonnée m'en apprend plus sur mon père que tout ce que j'ai observé de lui ces derniers mois, son métier de marchand d'art en cache sûrement un autre moins recommandable. Je n'en dis rien, d'ailleurs qu'aurais-je à dire, moi, la tueuse du champ des Gorse ?

Il me tend un plan de Murano et un portefeuille rempli. «Tu peux aller chez Zanni, c'est un ami, tu y seras en sécurité, restes-y quelques semaines, le temps que tout ça se calme.» Ses doigts sillonnent le papier, s'arrêtent ; je mémorise l'adresse.

De retour à l'atelier du vieil artisan, je suis accueillie par les jappements du chien. Son maître n'a pas l'air surpris de me voir; je dépose près de lui une partie des billets que m'a donnés mon père.

Le lendemain, il m'accompagne sur le pas de la porte en me donnant un double de ses clés. Je pose un baiser sur sa joue, caresse le setter et file vers Murano.

Murano. Magie des couleurs des maisons accolées les unes aux autres. Cachée sous ma cape, je longe Rio della Giudecca, jusqu'à l'adresse. Petite porte bleue électrique, surmontée d'un «Benvenuti». Quand je frappe, elle s'ouvre sur un petit homme à la peau sombre comme un vieux pruneau, vêtu de blanc, des babouches aux pieds. «15h, j'avais dit! Mais elle comprend rien cette vieille pie!»

Il me montre l'escalier, puis me pousse doucement vers la salle de bains, tandis que sa main se pose sur ma fesse droite. Je comprends que Zanni est un coquin, il me prend pour une catin réservée pour l'heure d'avant. «Vous faites erreur, je suis Nin!»

Sa main se retire aussi sec et sans la moindre gêne, il entame la conversation. Un moulin à paroles, faconde méridionale, entrecoupée de rires à réveiller un mort. Il me fait visiter sa maison, un lieu dédié à l'art rempli de sculptures et de peintures.

« Demain, j'ai une vente pour un client de Stuttgart, je t'emmène.
– Je t'emmène avec moaaaaa, je t'emmène avec moaaaaaa ! »

Une voix nasillarde au-dessus de mon crâne ; je lève la tête et aperçois un gros oiseau au bec jaune, des petits yeux furibards.
« Je t'emmène avec moaaaaa, sale putaaaaa ! Fanculo !
– Faites pas attention, c'est Celo, il est un peu caractériel, mais pas le mauvais bougre, il répète tout c'qui faut pas, je l'ai récupéré d'un client qui ne pouvait plus le supporter. »

La bestiole semble avoir compris, elle descend en piquet sur le crâne de Zanni qui fait un signe de la main pour l'éviter, le volatile manque son coup, se rattrape à son épaule, pour tomber finalement sur le tapis, il se remet sur pattes illico, colle un coup de bec sur la cheville de Zanni qui hurle de douleur, l'autre croasse « fanculooo » ; mon hôte, pris de colère, retire une de ses babouches pour la projeter violemment sur l'oiseau qui l'esquive et s'envole vers l'étage. Le chausson fait un vol plané au-dessus des sculptures et finit par s'échouer sur une statuette en ivoire qui chute sur le sol.

Zanni devenu rouge comme une pivoine, monte quatre à quatre l'escalier croyant courser la bête en oubliant qu'elle est pourvue d'un sérieux avantage. Quand il arrive en haut essoufflé, l'autre descend en planant comme un delta, se pose délicatement sur la première marche de l'escalier et gueule à tue-tête : « Je t'emmène avec moaaaa ! Sale putaaaa ! » Zanni s'assoit sur le sol. « Je sais qu'il faut que je le donne, ce bestiau. »

Le calme revenu, Zanni me conduit à ma chambre. Boutis blanc sur le lit, linge de toilette propre, corbeille de figues. À ces petites attentions, je comprends que mon séjour sera doux.

Allongée, les yeux fixés au plafond, je pense à Jeff. Tristesse. Colère. Je n'ai plus eu aucune nouvelle de lui depuis le champ des Gorse. M'a-t-il dénoncée ? A-t-il été arrêté ? Par qui était payé ce traqueur de Venise ? Est-ce que Jeff a missionné quelqu'un pour me faire la peau ? Est-ce que la famille de la fille cherche à faire justice elle-même ? Jeff les a-t-il aidés ? Cinq mois que je travaille dans la galerie de Zanni.

Entrent ici industriels, collectionneurs compulsifs, galeristes, ou acheteurs pour des personnalités. Beaucoup se fichent de l'histoire de l'œuvre qu'ils viennent acquérir, ils n'ont sur les lèvres que la cote. Je me suis rapidement adaptée. Travailler m'évite de penser et de laisser place à la peur.

Arrivée d'une lettre, un matin. Sur le haut de l'enveloppe derrière, ANNA.

« Chère Nin,
J'imagine ce que tu ressens. J'ai souvent voulu traverser l'eau pour venir te serrer dans mes bras. Papa pense qu'il est préférable d'attendre encore au cas où quelqu'un d'autre serait à ta recherche.
À ce propos, il dit que pour le type qui te cherchait tu n'as plus à t'en faire.
Sais-tu que j'écris un nouveau roman, ça se passe en Toscane, une histoire sur la gémellité… ça t'étonne ?
Je viendrai te voir bientôt avec mon fils, je suis sûre que tu l'aimeras.
Je ne sais pas pour toi, mais moi, je me demande tout ce que nous aurions pu partager avant si nous avions su notre existence ? Ç'aurait été tellement mieux si tu avais été près de moi.
Tendrement,
Anna »

Un jour d'été, dans l'embrasure de la porte, je la vois. Près d'elle, un petit garçon au visage délicat, yeux en amande qui se posent sur moi. J'imagine que sa mère lui a parlé de moi, il n'a pas l'air surpris de notre ressemblance. Il s'avance et j'entends sa voix timide : « Konnichiwa Nin san*. » Cela me trouble ; même si ses traits sont japonisants, j'ai l'impression de découvrir à travers lui un peu de ma sœur enfant.

Anna me le laisse évoquant un rendez-vous sur l'île ; je comprendrai plus tard que c'est son rendez-vous médical. Nous voilà côte à côte, le petit et moi, il se tient droit sur un pouf orange, les doigts tapotant son pantalon. Ses yeux se lèvent par instants et se baissent aussitôt. Les questions que je lance restent sans réponse, nous demeurons deux heures, sans parler. Cette première rencontre est suivie de plusieurs autres tout aussi mutiques, il semble néanmoins que ce tête à tête ne déplaît pas à Natsuo, en partant, il demande quand il reviendra.

Ainsi, dès que ma sœur va chez son psychiatre, elle me laisse son fils. Lors de la cinquième visite, Natsuo lance dans un français parfait : « Mon père n'est pas gentil avec ma mère. » Je m'approche de lui et nous commençons un dialogue sur sa vie. Il me dit que venir voir sa mère est une joie comme un crève-cœur car après, il faut repartir, c'est à chaque fois pareil.

Quand je marche avec lui sur l'île, je sens sa main se glisser dans la mienne. « Je ne vais pas repartir tout de suite ? » Cette

---

* Bonjour, Nin.

question, il la pose à chaque fois, comme pour retenir le temps. Qu'un enfant puisse s'attacher à moi m'étonne. Ça me renvoie aussi à mon impossibilité d'enfanter. Cette frustration profonde, cette colère contre l'injustice du monde sont pure perte d'énergie. Pour me préserver d'elle, j'avais rayé de ma vie tout ce qui concerne les enfants. Et voilà que Natsuo par sa seule présence bouleverse tout. Quand Anna est en retard, je l'attends. J'ai beau me dire que ce n'est pas mon fils, quelque chose se passe sans que je le veuille, je suis dépassée par l'élan qui me pousse vers lui. Il m'intrigue, m'émeut.
«Tu es heureux à l'école, là-bas?
– Quand je suis en classe, oui.
– Et quand tu n'es pas en classe?
– Quand je ne suis pas en classe, non.
– Non?»

Il prend un temps pour peser sa réponse.
«Les autres m'embêtent. Ils m'attendent tous les soirs à la sortie et me tapent.
– Tu as essayé de te défendre?
– Seul contre tous, impossible. Pas d'autre solution que supporter.
– Tu l'as dit à un enseignant? à ton père?
– Mon enseignant a puni des élèves, ça s'est calmé quelques jours et ça a recommencé de plus belle.
– Et ton père?
– Pour mon père, on ne doit pas se plaindre.
– Je vais parler à Anna.
– Surtout pas, si tu parles, elle essaiera de parler à mon père, quand mon père et ma mère se parlent, c'est la guerre et ma mère est mal. Ne dis rien, s'il te plaît.»

On reste muets plusieurs secondes. Je lui promets à contre-cœur. Il me tend une main pour sceller notre pacte. «Tu sais, ma mère est écrivain, elle écrit des choses incroyables.» Ses yeux pétillent.

La veille de son départ à Tokyo, Natsuo me tend un petit sac en tissu entourant une boîte carrée: «C'est pour toi, arigatou gozaimashita*.» Probablement lié au fait que j'ai tenu parole et n'ai rien dit à propos de son harcèlement scolaire. Ce n'est pourtant pas l'envie qui m'a manqué.

Anna se tient près de lui, visiblement dans un mauvais jour; elle tord ses doigts nerveusement et ne tient pas en place. Un rictus déforme sa bouche tandis qu'une lueur d'effroi vacille dans ses yeux. Natsuo demeure impassible. Il tire sa mère vers lui et l'entraîne dehors; à bien les regarder je ne sais pas qui dirige qui, Anna suit son fils comme son ombre. Derrière la vitre, je les vois s'éloigner. Mon cœur se serre.

Le soir tombé, je pose le paquet de Natsuo sur le bureau, j'ouvre la boîte, j'en sors un pliage de papier coloré en forme d'arbre.

---

* Merci beaucoup.

Librairie pittoresque de Venise, 1993. Anna, derrière une table face à une file de gens qui attendent. Ils sont venus faire dédicacer leur roman.

À côté d'Anna, un gros type agité comme un diable, probablement son éditeur. Une clochette tinte, tous les regards convergent vers la porte. Arrivée d'un nouveau flot de personnes. Ma sœur sourit dès qu'une main tend son roman ouvert ; je l'entends murmurer quelques mots puis concentrée, elle écrit. Je me dis qu'elle est bien, calme. Je suis fière d'elle. J'aime ce sentiment d'être fière d'elle.

Je ne lui ai pas dit que je venais, elle m'aurait dissuadée : quartier central de Venise, trop risqué… Je suis déguisée en intellectuelle binoclarde : perruque, lunettes en écaille, tailleur ajusté. Je me dirige vers le buffet pour prendre un verre d'alcool.
« Vous connaissez l'auteur ? » Le ton est familier, presque amical. La question provient d'un homme blond, une vague allure de Robert Redford. Il me dévisage comme s'il me reconnaissait.

«Non, et vous?»
Pas de réponse. Il lève son verre.
«Alors, trinquons à son succès! Vous vivez ici?
– Non, pas vraiment et vous?
– De passage pour mon travail.»
Une alerte sonne à l'intérieur de moi, danger, fuir, ne pas entrer dans une conversation avec un étranger.
«Pardonnez-moi, il faut que je vous quitte, on m'attend.»
Il me tend sa carte.
«Hans Belström, j'aimerais vous revoir, Mademoiselle?»

Je ne sais pas pourquoi le visage de cette fille que j'ai connue il y a des mois dans la grande surface où je vendais du fromage me revient, elle avait un prénom de personnage de cinéma.
«June.
– À bientôt June. S'il vous plaît, appelez-moi!»

Ce serait simple si ce Hans me laissait indifférente. Le revoir est déraisonnable. Pourtant, quelque chose m'y pousse. Je le retrouve dans le quartier de Castello. Sensation que les heures passent sans que je m'en rende compte. Cela fait longtemps que je ne ressentais plus ça. Un homme. Désirer. Il monopolise la parole, ça tombe bien, ça m'évite de parler de moi. Au restaurant, je le regarde manger goulûment une figue tandis que sa main caresse le rebord du verre. Désirer.

La question de me retrouver au lit avec lui pose celle du déguisement; impossible de me dévoiler en tant que Nin, comment conserver ma perruque si nous faisons l'amour? Voilà une question grotesque que je n'avais pas prévue.

Faire durer le plus possible le moment de ce flirt pour éviter de m'encombrer la tête de toutes ces contingences.

Un après-midi. À l'abri des regards, une odeur de boue dormante. Hans me plaque contre un mur, il fait courir ses mains sur moi, soulève ma jupe et feuillette mon intimité. L'orgasme. Violent. Mes yeux qui partent à la renverse. Secouée par dix mille volts contre la brique froide. Le temps de reprendre mes esprits, j'entends des badauds à l'approche. Hans se redresse contrarié, nous devons remettre à plus tard ce que nous avons commencé. Soulagement. Égoïstement, je me dis que la perruque restera bien accrochée.

Quelques jours plus tard, sur la place Saint-Marc. Nous marchons, les yeux accrochés aux détails des façades. Arrêt devant une tête de lion barrée par un rictus de terreur ; deux yeux de pierre qui nous fixent, on dirait que la bouche va nous happer.
« Tu sais ce que c'est ?
– Una bocca di leone. »

Il me fixe en prononçant fermement : « Là (il me montre la bouche du lion), on pouvait glisser la dénonciation d'une personne qui avait commis un délit, tu vois quelque chose de défendu par la loi, un meurtre, par exemple. »

Effacée, la douceur de son visage, il a maintenant un air mauvais que je ne lui connais pas. Mon sang ne fait qu'un tour, il est mon ennemi ! Je le comprends. Instantanément, mes méninges s'activent à 200 à l'heure pour trouver une sortie. Ce flot de gens qui avancent en troupeau vers la grande horloge peut-être.

Je feins de m'intéresser tout en guettant Hans. Ça y est, c'est le moment, son corps pivote, ensuite, sa tête, je me baisse et me faufile entre les touristes, j'ai le visage au niveau de leurs bustes, je ne vois plus rien dehors, je suis dans un magma de ventres et d'odeurs d'aisselles, je me tourne vers la droite, une trouée, je cours, dévale sans m'arrêter, c'est une enfilade de ruelles, aucune idée d'où je me situe, quelle importance, j'avance droit devant !

Je me cache entre deux murs, pour reprendre mon souffle, repos trois secondes et je repartirai. Stop ! Hans, là au bout. Lui ne me voit pas. Il tourne sur lui-même, tape du pied. Je m'immobilise contre le mur, je cesse de respirer, le cœur à la chamade, j'ai peur maintenant. J'aperçois une fenêtre ouverte à deux mètres, je ne lâche pas du regard la silhouette de Hans qui bouge dans tous les sens, il regarde enfin vers la lagune. J'avance sur un mètre, puis deux ; ça y est, je suis devant la fenêtre, je la pousse, le sol est bas, j'entre. À l'intérieur. Fenêtre fermée, rideaux tirés. Dehors, le danger. Une chambre, vide. Derrière la porte, aucun bruit. J'ouvre. Un couloir. D'instinct, je vais dans toutes les pièces. Personne.

De retour dans la chambre, j'aperçois la silhouette de Hans devant la fenêtre, il passe en courant puis s'arrête. Anesthésiée. Ma peur, décuplée. Il jure, des pas approchent de lui, un colosse apparaît, je les entends crier puis Hans hurle : « Je la tenais, et voilà, je l'ai perdue, je vous avais dit qu'il fallait m'en occuper plus tôt ! »

Le type lui envoie un coup de poing dans le ventre, je vois Hans qui se plie en deux. «Ça c'est pour ta connerie, maintenant on s'barre, ça sert plus à rien d'la chercher, elle s'est caltée.» Je les regarde s'éloigner et m'écroule sur le sol, vidée. Mesure prise du danger dans lequel j'évolue. Il y avait un traqueur, puis deux, et maintenant trois. Je ne serai jamais tranquille. J'avais imaginé que tout serait fini après l'intervention de mon père. Erreur, il y a de nouveaux traqueurs, et d'autres encore viendront.

J'ouvre une armoire. Des vêtements de femme, foulards, lunettes de soleil. Je me sers. Une robe trop ample pour moi, je la cintre avec une étole de soie ; j'entoure mes cheveux d'un foulard chamarré, des lunettes de soleil. Me voilà transformée. Dehors, ma peur met du temps à se dissoudre. Pas de danger en vue. Dans ma main, la clé que m'a donnée Sebastiano. Je retrouve le chemin de son appartement. Son atelier, vide. Le chien vient à ma rencontre. Je monte à l'appartement, ôte le turban, et m'allonge éreintée.

Au réveil, près de moi, mon père.
«Que s'est-il passé ?» Je lui raconte mon imprudence avec Hans, la volonté de me prouver qu'après Jeff, je pouvais à nouveau aimer.
«Ils ne sont jamais remontés jusqu'à la galerie de Zanni. Tu n'en as jamais parlé avec ce Hans ?
– Non.
– Retourne travailler avec Zanni, tu seras en sécurité là-bas.
– Je ne me vois pas cloîtrée à Murano toute ma vie, papa ; j'ai besoin de bouger, vivre !
– La nana que tu as tuée est la fille d'un industriel qui vit aux États-Unis, un mec puissant qui met de gros moyens pour te retrouver. Il faut être prudente. On rentre à Paris dans deux mois avec Anna, je vais te faire faire de nouveaux papiers, tu pourras rentrer avec nous.»

Je ne dis rien, je sais qu'il a raison. Le lendemain, j'accueille les clients dans la galerie de Zanni, costume, perruque en chignon.

Paris.

«Natsuo te manque?»
Anna fixe le fond de son verre en silence.

«J'essaie de ne pas y penser; à quoi ça servirait? Son père ne me le rendra jamais! Et puis... Est-ce que je saurais m'en occuper? Un mois sur deux j'ai envie de me défenestrer, le pauvre, il deviendrait complètement fou...
– Si tu allais à Tokyo lui rendre visite, voir comment il vit?
– J'y suis allée il y a deux ans. Un fiasco! Son père m'a laissé le voir deux heures montre en main et m'a traitée de folle devant lui.
– Il est comme ça, son père? Comment vous vous étiez connus?
– Il couvrait des sujets internationaux au journal pour lequel j'écrivais. Il était exigeant, son intelligence me fascinait. On s'est aimés, c'était nouveau pour moi, aimer. Natsuo est arrivé, la vie est devenue plus compliquée, mes sautes d'humeur, il ne supportait plus. On s'est séparés.

– Et toi, comment se fait-il que tu n'as pas d'enfant?
– Je ne peux pas en avoir, j'ai passé des examens médicaux et je ne peux pas.
– Oh ma chérie!»

Elle se lève et me serre d'une accolade brutale.
«Parle-moi de notre mère, Nin, tu veux bien?
– Que veux-tu que je te dise?
– Ce que tu sais d'elle.
– Avant de vivre avec ce sale type, notre mère était normale, après, tout a changé. C'était un soûlot, il aimait les très jeunes filles, il cognait.
Notre mère fermait les yeux, trop peur de vivre seule sans doute, elle fermait les yeux en se mentant à elle-même. Il a fallu subir sans broncher, le temps que je puisse fuir.
– Qu'est-ce que t'es en train de me dire là? Que ce type te... Oh, non! Tu avais quel âge quand ça a commencé?
– Douze ans.»

Anna triture nerveusement sa serviette, le visage figé. Elle me saisit la main, nous restons silencieuses plusieurs secondes.
«Tu as essayé de le dénoncer à la police?
– Qui croit une gamine qui affabule? Notre mère me faisait passer pour une faiseuse d'histoires.
– Et le collège?
– Il y a une assistante sociale qui est venue, elle a fait une inspection, elle a regardé, parlé avec notre mère, sa brute, ils ont joué la comédie de la famille exemplaire.
Ce que j'ai encore du mal à comprendre, c'est comment elle a pu rester toutes ces années sans s'interposer.
– Tu ne t'es pas démenée pour te faire entendre?
– J'avais honte et peur; deux anesthésiants... peur des représailles, des coups qui tomberaient plus fort... et honte, que penseraient les autres de moi?»

Après un long silence, ma sœur reprend :
« Donc, non seulement elle ne t'a pas protégée, mais en plus elle ne t'a pas crue… c'est une double peine, ça ?
– Le pire dans tout ça est qu'à force de se mentir à elle-même elle a dû finir par y croire, à ses mensonges. Pour moi elle est rayée de la carte… jamais elle n'a rebroussé chemin pour me prendre dans ses bras, me dire Je suis avec toi, maintenant. Elle défendait son mec… Ça s'est terminé quand je suis partie, j'avais seize ans. »

Un court instant, je m'en veux de raconter ça à Anna. Elle est fragile ; j'appréhende de lui déclencher une crise ; mais ma parole déborde, je ne parlais plus, cela me soulage de me vider de ce qui était incrusté au fond de moi.

« Est-ce que notre père t'a dit pourquoi il est parti ?
– Notre mère le trompait. Elle n'a fait aucun effort pour sauver leur mariage mais lui a mis trois ans pour partir, essayant de trouver une solution pour regagner son cœur ; et puis il y a eu cette histoire d'argent ; pour aider un amant, elle lui a donné en cachette l'argent de notre père. Il s'est retrouvé quasi ruiné. »
Nos yeux convergent vers la fenêtre.
« Au moment où nous avons été conçues, elle était avec cet amant ?
– Tu veux dire que…
– Je ne voulais plus la revoir, mais pour savoir qui est notre père, ça s'impose. »

La discussion avec ma sœur a-t-elle un caractère prémonitoire ? Deux jours plus tard, une lettre arrive, écrite par une infirmière, notre mère est en soins palliatifs et demande à revoir ses filles.

«Que vas-tu faire? Ta sœur est à nouveau dans une mauvaise phase, elle n'ira pas. Sois prudente, il peut s'agir d'un piège de la police ou d'un traqueur pour te coincer. À moins que tu te fasses passer pour Anna.
– C'est ce que je vais faire. Et toi, papa, tu vas y aller?
– Non, je n'ai rien à lui dire.»

Je songe au moment où je vais la revoir. Une seule question me vient, qui est mon père? Cet homme face à moi, le monstre qui m'a abîmée, un illustre inconnu?

La clinique, un cube vitré au milieu de nulle part. Devant, un parking de voitures à moitié vide, des gens arrivent, d'autres partent avec cette même mine de fin du monde. Près de la porte oscillante, un groupe de fumeurs en blouses blanches. Certains se parlent, d'autres assis sur le rebord sont fatigués en silence; ils tirent sur leur cigarette, la tête levée vers les nuages, épaules lourdes et yeux cernés.

J'entre dans le hall. Immense. Si aseptisé qu'on ne sait plus où on est, aéroport, gare, hôpital? Les pancartes au-dessus me ramènent au réel, «oncologie», «cardiologie».

Une silhouette massive à l'accueil lève la tête vers moi et me somme d'attendre. Aucune envie de rester là... Que ça passe vite, très vite! «Aile B, quatrième étage, chambre 12.» Je monte les quatre étages en songeant que j'ai donné la mort à quelqu'un tout en ayant peur de la mienne. Que vais-je avoir à lui dire à cette bonne femme? Tant d'années qu'on ne s'est pas vues. Mais je suis Anna. Cela simplifiera les choses. Arrêt de l'ascenseur. Propulsée dans une enfilade de portes. Chercher la 12. J'y suis. Main figée sur la poignée. Toutes mes craintes se mélangent. Ne pas la reconnaître. Ressentir des émotions inconnues, je ne voudrais rien éprouver, être libre de pouvoir la haïr. Peur de tomber sur la police, sur mes traqueurs embusqués derrière la porte.

Je colle mon oreille contre le formica. Rien. J'entre. Une odeur, mélange d'urine et de désinfectant, accroche mes narines. Un lit de ferraille, une tige métallique prolongée par une pochette translucide reliée par un tube transparent à ce qui reste de ma mère. Ma mère. Je me répète intérieurement ce mot pour tenter de lui donner un sens.

Elle est là, au milieu du lit, maigreur extrême, quasi impossible de retrouver le chemin de ses traits. Ses yeux sont deux cavernes grises, une faible lueur y vacille encore. Ses cheveux ont fait place à un duvet. Plus de sourcils. Sa peau, si fine qu'elle en est transparente, sa tête, que des os. Tête de tout humain une fois en terre. Plus rien ne l'individue. Déjà happée par le néant où le JE se dissout. Je me place face au lit pour être sûre qu'elle me voit. «Anna? Tu es venue.»

Silence. «Oui.» Son erreur me pince le cœur et je suis surprise de ressentir cela.

Je tire la chaise, tombe dedans et darde mon regard vers la fenêtre. En moi la colère monte; à quoi bon? Plus rien ne l'atteindra. Me voilà condamnée à errer seule face à notre passé commun, je n'aurai jamais d'explication sur le fait qu'elle ne m'a pas protégée.

Je voudrais lui dire que je ne l'aime pas, que je ne lui pardonne pas, qu'adolescente il m'est arrivé de souhaiter la pousser dans l'escalier, l'étrangler dans son sommeil, que j'ai tant vomi ses deux mots *Tu affabules.*

Un murmure sort de sa bouche. Si bas qu'il me faut tendre l'oreille. « Anna... il faut... retrouver ton père... » Ses doigts se crispent sur le drap. « Sam... Samuel Stein... pianiste... New York. » Quand je lui demande des précisions, ses yeux se ferment, sa respiration devient bruyante, puis plus rien. Elle s'est enfoncée dans le sommeil à mi-chemin entre vie et mort.

Je quitte la chambre avec la sensation d'un gâchis immense. Samuel Stein... Ce nom circule dans mon esprit, j'essaie de l'imaginer. Où vit-il ? Envie de le connaître.

« Elle m'a donné son nom... Samuel Stein. Il est pianiste, apparemment, il vit à New York. Nous pourrions aller le voir ? »

Anna me regarde longuement. Ses doigts tapotent une jaquette de film, *Pretty Woman.*
« Et notre père ici, tu y penses ? La vérité lui ferait beaucoup de peine. – Pour l'instant, on n'est pas obligées de lui dire.
– Oui, c'est vrai. »

Elle réfléchit.
« Faisons le voyage à New York. Pour des raisons de sécurité nous devons partir séparément. »

New York. Un quartier vivant. Au pied de bâtiments en brique rouge, des coureurs arpentent l'asphalte, casques audio vissés aux oreilles. Ils doublent des cadres pressés de rejoindre les tours d'affaires. Cafés et boutiques de baggels ne désemplissent pas.

Anna est dans ses mauvais jours ; depuis l'arrivée, elle quitte rarement le lit, yeux rivés sur son téléphone, cigarette au bout des lèvres. Elle sent la sueur, ses cheveux sont gras, ses ongles sales. Mes tentatives de l'extraire de ce marasme la mettent en rage.

L'expérience des derniers mois montre qu'elle va mettre plusieurs jours à reprendre le cours de sa vie. Je triture le flyer annonçant le concert de Samuel Stein au Metropolitan Opera. Je vais y aller seule.

J'entends Anna hurler : « Qu'est-ce que tu fous ? » Elle a pris son médicament et va bientôt dormir ; j'enfile un vêtement chaud, direction le MOMA.

Deux heures que j'arpente les étages du musée, dépitée. Dès la première salle, l'ennui. Gris, bruns, aucune émotion... Je ne sais plus si je baigne dans l'art ou erre muette dans un enterrement. Lasse de piétiner. Enfin, la dernière salle.

Au milieu, elle est là, haute, universelle. Tache d'allégresse plantée dans l'horizon. Un rectangle ivoire découpé en deux parcelles monochromes : l'une jaune soleil, l'autre bleu océan.
« Rothko, dit un jeune type.
– Sûre ? demande l'autre.
– Rothko. »

Tout disparaît autour. Le temps s'arrête. Immobile face à la toile, très loin du brouhaha du monde. Mon âme s'ouvre, je ressens un bonheur intense.

Attente de la fin du concert, qu'il soit seul dans sa loge. Après les derniers applaudissements, je me faufile pour approcher.
« Monsieur Stein ?
– Comment êtes-vous entrée ? Et qui êtes-vous ? Pas une journaleuse au moins ? Française ? D'où ?
– Non je ne suis pas journaliste et je suis de Paris. »
Il me détaille de la tête aux pieds.

« Que voulez-vous ?
– J'étais à votre concert, je suis une artiste qui débute, j'ai écrit des textes, je cherche quelqu'un qui peut m'aider à les mettre en musique. »

Trois autres secondes... « Vous ne manquez pas d'aplomb, vous ! Mais mon petit, comment voulez-vous que j'aie du temps ? Je n'arrive déjà pas à prendre de temps pour moi, la musique me vole tout, c'est une maîtresse vorace ! »

Je reste interloquée. Il éclate d'un rire tonitruant, puis voyant que je ne dis mot, murmure, concupiscent, avant de boire une gorgée de cognac : « Vous êtes charmante, venez demain m'en parler, 21 heures chez moi, voici ma carte. »

Entre une grosse femme boudinée en robe de soie, elle bouscule tout sur son passage puis lui retire son verre d'alcool : « Faites un effort, Sam, les journalistes attendent après vous ! » Quand je file, je l'entends derrière moi alpagué de tous côtés. Ainsi, c'est lui, mon vrai père. Je ne le connais pas encore mais il m'intrigue déjà. Je m'explique aussi d'où vient mon oreille musicale.

L'appartement se trouve au dernier étage d'un immeuble de Manhattan. La porte de l'ascenseur s'ouvre directement dans le salon, pièce immense au milieu de laquelle trône le piano. Une femme me prend mon manteau, baragouine un mélange d'américain et d'espagnol dont je ne capte rien. Stein arrive. « Ah vous voilà ! On va se mettre à table, je me suis mis aux fourneaux, quand c'est prêt, ça n'attend pas ! »

Il a dans la main une fourchette à salade et sur le ventre, un tablier maculé de taches. «Le look, ça change du pianiste sur scène, hein?» Je n'ose pas lui dire que je le préfère spontané et plein de gras aux doigts. La table de cuisine est dressée, deux couverts, une bouteille de champagne ouverte, le vin pétille dans deux coupes. «Pas de chichi entre nous, asseyez-vous.» Son ton familier me perturbe.

Il retourne aux fourneaux, soulève le couvercle pour passer le nez dans le fumet. «Vous aimez le civet de lapin, j'espère?» Il attrape mon assiette, place en son milieu un morceau qu'il arrose d'une cuillère de sauce. Cette odeur me fait monter les larmes aux yeux. «Chaud n'est-ce pas?» Impossible de trouver meilleur plat, la vie réserve de belles surprises.

«Alors, parlez-moi de votre projet...
– J'ai écrit des textes, je voudrais faire une maquette pour un disque... Il me faut un coup de pouce pour les thèmes musicaux... Je suis de passage à New York, j'ai assisté à votre concert et je me suis dit que vous pourriez m'aider.
– Mais vous avez déjà sorti quelque chose?
– Non.
– Vous êtes gonflée! Pourquoi moi? Je ne peux rien pour vous, vraiment... Même si vous êtes... charmante.»
Il saisit ma main que je retire brutalement. Malaise.
«Écoutez, j'ai vraiment besoin de vous pour ça.
– Pourquoi je vous aiderais?
– Parce que nous avons une connaissance commune, une femme que vous avez connue en France il y a une trentaine d'années. Sur son lit de mort, elle m'a parlé de vous.»

Il pose ses couverts, cale son dos dans la chaise, ses yeux sont deux points d'interrogation dressés vers chaque mouvement de mes lèvres.

«Helen... Helen Sontag?
– Oui, c'est ça...
– Helen est morte?
– Il y a un peu plus d'un mois.»

Il commence à s'agiter, déboutonne son col pour mieux respirer puis se lève, ouvre la baie, avance sur la terrasse. Froid glacial dans la pièce. Il s'agrippe à la rambarde en inspirant difficilement.

Je m'approche de lui, il est blanc comme un linge.
«Ça ne va pas? Vous voulez que j'appelle un médecin?
– Non, ça va aller...»
Au bout de quelques minutes, il vient se rasseoir.
– Vous la connaissiez bien?
– C'était mon amour de jeunesse. Je ne l'ai jamais revue après mon départ aux États-Unis. Pourtant, je me l'étais promis... Veuillez m'excuser mais j'ai besoin d'être seul, nous allons devoir remettre le dîner. Repassez demain en fin d'après-midi, nous verrons ce que je peux faire pour vos textes.»

Je récupère mon manteau et m'apprête à quitter le salon. Je l'entends crier:
«Au fait, je ne vous ai pas demandé, quel est votre lien avec Helen?
– Je suis sa fille.»

La porte de l'ascenseur se referme sur ma phrase.

«Tu l'as vu ? Il a la grosse tête ?»
Anna m'accueille sur le pas de la porte, le visage plus serein qu'il y a quelques heures.
«Je lui ai dit pour le décès de notre mère. Il a failli avoir une attaque ; une chose est sûre, il l'aimait.
– Tu ne lui as rien dit au sujet de nous ?
– Je n'allais pas tout lui balancer : ma mère est morte, vous êtes mon père, et vous êtes le père de ma sœur jumelle. Je l'aurais achevé. Je vais l'approcher, le connaître et je lui dirai au moment venu. J'ai dû inventer une histoire qui tenait debout pour le revoir, je lui ai dit que je composais des textes, que j'avais besoin d'aide pour la musique. J'ai rendez-vous demain avec les paroles. Je compte sur ton talent d'écrivain !
– Au travail... on n'aura pas assez de deux bouteilles pour l'inspiration !»

La nuit est courte quand elle est tenue par un projet ; Anna et moi nous découvrons une complicité jusqu'ici ignorée... Les mots, pour Anna ne font pas mystère ; elle les pose, les déplace, en fait un agencement qui ravit l'oreille ; je lui fournis les thèmes, elle écrit des vers, ça raconte une histoire.

Bouteilles vides au milieu de la pièce, nous avons fini une dizaine de textes auquel il manque l'accompagnement musical. Nous nous effondrons de sommeil à 5 heures du matin ; elle me regarde, sourit en me prenant la main, «Heureuse de t'avoir retrouvée.»

Le lendemain, dans le salon de Stein. L'ambiance est différente de celle perçue la veille ; concentré sur son piano, il rode une nouvelle partition. La dame récupère mon manteau et me conduit dans un boudoir. «Restez ici, il en a pour une heure.»

Une fois seule, j'avance entre les meubles et m'arrête près d'un guéridon où sont posées des photos. Sur l'une d'elles, on y voit une femme, elle a le visage sur l'épaule de Stein ; ils sont sur un pont et regardent dans la même direction. La femme a sur le doigt un diamant rectangulaire. Une autre photo montre la même femme, plus jeune, elle porte un costume d'université américaine ; son visage radieux se détache de bâtiments en brique, probablement un campus.

Un petit cadre rond attire mon attention. Une photo sépia d'une fillette brune, ses petits doigts fins serrent contre elle une poupée. Elle a le regard vague. Envie instinctive de serrer cette enfant dans mes bras tout en songeant que peut-être elle me repousserait. Je sors le cliché du cadre et le retourne. «Helen, 45». Un bout de papier tombe.

«Samy,
Pas une journée ne passe sans penser à toi. Te voilà reparti vers ton cher Chopin. Ta lettre est dans mon sac, je l'ouvre souvent pour retrouver tes mots, ta voix qui me manquent. J'essaie de faire bonne figure ici, mais je m'étiole. Je ne sais même pas quand nous nous reverrons.
Tendrement,
Helen»

Ainsi, Sam et ma mère se sont vraiment aimés. Pas simplement pour une aventure. Mais d'amour. Ma mère n'avait jamais parlé des détails de son passé, cette photo d'elle enfant m'étonne. Au moment où je la replace, Stein arrive.
«C'est Helen, en 45. Elle était vivante mais elle n'a jamais revu ses parents. Il y avait eu des rumeurs avant la rafle, ses

parents avaient décidé de confier Helen à leur voisine du dernier étage. La nuit, elle a entendu les bottes qui claquent, les portes enfoncées, les meubles qui tombent, les cris parmi lesquels ceux de sa mère, son père. Elle me confiait que ces cris la hantaient encore adulte. La voisine la tenait avec son mari, pour l'empêcher de courir vers les siens, ils l'avaient bâillonnée pour éviter qu'elle crie. L'ont-ils sauvée? Physiquement oui, mais psychologiquement, une part d'elle a disparu cette nuit-là. Au moment de cette photo, elle attend encore le retour de ses parents malgré l'espoir très mince. Elle ne vous en a jamais parlé?
– Non.
– Nous avions ce passé commun elle et moi, cela nous avait rapprochés.»

En l'écoutant, je réfléchis au temps passé avec ma mère, à son incapacité à vivre seule, entraînant le désastre de sa seconde union. Son syndrome d'abandon peut peut-être expliquer sa réticence à se désolidariser de son bonhomme même dans les pires situations. Si elle était encore là, je lui dirais que je comprends sa peur panique de la solitude après ce qu'elle a vécu.

Stein prend les textes que nous avons écrits avec Anna, il en sélectionne un, ses mains tâtonnent sur le clavier; il me fait signe de le suivre en chantant: il joue, ma voix se pose sur les notes, il m'attend, je le suis, parfois le contraire. Émotion. Une fois la mélodie maîtrisée, je pousse plus ma voix. «Quel coffre!»

Si je lui avouais maintenant qui il est exactement pour moi? Quelque chose me retient, peut-être la peur de le braquer. Je me demande s'il a fait le décompte des mois, aurait-il compris que je pourrais être sa fille, si c'est le cas, pourquoi se tait-il? Non, il ne se doute visiblement de rien.

«À quoi penses-tu ? Je peux dire tu ?
– Je vais bientôt retourner à Paris, j'aimerais continuer ce travail avec vous.
– Tu peux revenir me voir à New York et je vais à Paris plusieurs fois par an.»

Il saisit ma main et la tire à lui brusquement ; sa force est telle qu'il me faut un véritable effort pour reculer.
«Vous faites fausse route, j'ai déjà quelqu'un.»
Ça sort sans que j'y réfléchisse. Je récupère mon manteau et trace vers l'ascenseur.
«Ne pars pas comme ça, je ne voulais pas te brusquer, nous semblions tellement proches toi et moi. J'ai dû mal interpréter, excuse-moi.
– Je ne suis pas en mesure de vous donner ce que vous souhaitiez là mais l'amitié, ça, je peux.»

De la douceur passe dans son regard. «À demain !»

Nous avons maintenant l'habitude de nous retrouver, Stein et moi, autour du piano. Les textes qui n'étaient qu'une ébauche sont devenus chansons. La perspective d'un disque se précise, nous parlons des conditions, il est enthousiaste. Je décide de me laisser porter, de ne rien freiner de cette machine créative à deux têtes que nous avons plaisir à actionner ensemble.
Mais le séjour à New York touche à sa fin, nous voilà à la veille du départ.
«Ta voix va manquer à ce piano, il s'était habitué.
– Je vais revenir.»

Nous sommes tous les trois attablés dans un grand restaurant ; pour ne pas être inquiétée, je suis habillée en religieuse. Habit inconfortable, mais passer incognito implique quelques efforts.

Derrière la vitre, Paris a enfilé son manteau de pluie. Un car de touristes se déverse sur le trottoir, ils se pressent pour entrer. Autour de nous, engoncés dans des fauteuils de velours, des gens murmurent en lapant la bouillabaisse, une des spécialités du lieu ; une femme rougeaude enrobée d'un tablier vichy vient prendre la commande : « Qu'est-ce qui leur f'rait plaisir à ces M'sieurs Dames, euh pardon, ma Sœur ? »

Les lunettes de notre père parcourent la carte, ma sœur donne déjà son choix ; le calme est revenu dans son esprit ; sa mise est soignée, ses gestes pondérés ; la commande notée, le tablier opère une volte-face manquant de faire valdinguer la table à côté.

« Alors, New York ?

– Une ville qui réserve des surprises, Nin a rencontré un pianiste avec lequel elle a eu un bon feeling, ils vont peut-être réaliser un disque.»

Je suis reconnaissante à Anna d'avoir pris la parole.

Notre père, enjoué:
«Formidable! On va fêter ça! Le type est connu? C'est qui?
– Samuel Stein. Il fait des concerts dans le monde.
– Tiens c'est curieux, c'est un nom qui me dit quelque chose.»
Anna devient livide.
«Tu ne m'en as jamais parlé, tu dois te tromper.»

Je relate alors les dernières informations envoyées par Stein: l'enregistrement prévu avec lui dans un studio de New York, les futures émissions de promotion où il faudra être. «Tu ne te soucies pas de l'aspect financier, je règle tout.»

Culpabilité de ne pas pouvoir lui dire la vérité. Impression de mal me comporter avec lui. La légèreté d'Anna m'aide à accepter son soutien en silence.

Ma sœur met sa main sur la mienne.
«Je suis fière de toi.
– Oui, enfin les textes, c'est nous deux.
– Le succès de mes livres me suffit, profite de la lumière, ça fait du bien.»

J'oublie une seconde que je dois justement ne pas me faire repérer. «À propos de lumière...» Mon père cherche dans sa poche de veste et pose sur la nappe une carte de visite.
«Chirurgie esthétique?
– Il travaille très bien et il est discret. Je prends en charge. Tu n'as pas le choix, c'est ton talent et la lumière en passant

entre ses mains ou bien la fuite et l'ombre tout le restant de ta vie.»

À plusieurs reprises, cette idée m'avait effleurée mais je n'avais pas été plus loin, pas les moyens financiers. Et ça devenait possible: plus besoin de se déguiser, liberté de marcher dans la rue près de ma sœur sans peur d'être arrêtée.

Les mois qui suivent s'enchaînent à une vitesse impressionnante; l'enregistrement à New York est un moment chaleureux; il y a entre Stein et moi beaucoup de complicité.
Je lui annonce qu'il risque de remarquer sur moi quelques changements physiques la prochaine fois que nous nous verrons.

«Tu vas changer de sexe?
– Non, juste d'apparence!»
Sa main passe sur ma joue avec tendresse:
«Rassure-toi, je te reconnaîtrais entre mille!»

Je passe du temps à Paris pour me remettre des opérations. Devenue une momie dont les bandages migrent d'un coin à l'autre du corps. Au fil des jours, des bandages disparaissent, dévoilant un hématome, des fils.

Sur le bord de mon lit, le courrier s'accumule: Stein m'informe des nouvelles du disque, reste à discuter les conditions financières avec le producteur.

Dans l'avion qui m'emmène à New York, j'observe dans le petit miroir ma nouvelle image. Étonnement à chaque seconde, être une autre tout en demeurant moi. Cheveux blond blé, joues rebondies, lèvres pulpeuses, nez parfaitement dessiné; yeux clairs ourlés de faux cils. Des ongles rouge carmin allongent mes mains d'où coulent deux chaînes torsadées. Ma poitrine a pris du volume, mon arrière-train est bombé, gommée la maigreur du passé.

Je porte le parfum racé que ma sœur m'a offert, il te portera bonheur, a-t-elle dit; mon corps est enveloppé de soie, de cachemire, à mes pieds des bottes de daim sentant encore le cuir. Méconnaissable.

Ce changement soudain a un effet nouveau sur le monde qui m'entoure. Depuis quelques jours, en marchant dans la rue, je perçois sur moi les regards appuyés; des types m'accostent. Je voulais frôler l'anonymat, je me découvre un pouvoir d'attraction.

Perdue dans mes pensées, je triture un carton resté dans mes papiers depuis plusieurs semaines: Stein me convie à une soirée, il faut en être pour la vente du disque.

«Tu n'y as pas été de main morte!»
Stein explose de rire.
«J'ai fait faire des retouches.
– Plutôt le ravalement complet, dis donc! Heureusement que tu m'avais décrit ta tenue, je te chercherais encore dans l'aéroport!»

Son sourire lumineux annonce de joyeux moments. Je découvre sa personnalité complexe, dans son habit de concert, il est discret, voix calme, gestes posés. Hors champ, sa fantaisie prend le dessus. L'enregistrement de la première émission est l'exemple flagrant; aller sur un plateau m'intimide. Il me prend le bras, me mène dehors. Comme des gamins, on observe les passants en commençant à les moquer gentiment, aucune méchanceté dans l'exercice, juste envie de filtrer la réalité pour la rendre plus drôle. «À toi, vas-y, celui-là qui balade Médor, allez, raconte-moi sa vie!»

Comment réussit-il ça? J'ai complètement oublié l'interview en direct si bien que j'arrive sur le plateau, le visage plein d'étoiles. Stein est le seul à pouvoir ouvrir un cadenas que j'avais scellé, laissant échapper un peu de l'enfance qui n'a jamais eu l'espace pour germer dans ma vie. Il n'est jamais trop tard. Envie d'accueillir cette candeur, ces fous rires.

Peut-être ressent-il comme c'est nouveau pour moi, il a une spectatrice enthousiaste de ses joutes d'humour. Il enrichit son registre, guette sur mon visage l'effet qu'il produit. Notre complicité se déploie.

C'est un raout, du beau monde, les hommes vêtus de noir et blanc, des femmes perchées sur talons, robes de cocktail clignotant sous des bijoux de joailliers.

Un gros type aux allures de banquier semblant être l'hôte des lieux se faufile dans un mouvement chaloupé, passant d'un invité à l'autre, à l'aise comme un poisson dans son bocal. Chacune de ses haltes provoque l'euphorie, sa grosse paluche enserre là, une épaule, ici, une main frémissante, il exulte de sa suffisance, empereur las d'avoir tout conquis.

On me dit qu'on est chez un ponte de l'ère musicale, « Tous les disques partent de lui, un non de lui suffit pour fermer les portes. » Il traîne à ses côtés une poignée de jeunes loups, mêmes costumes, mêmes têtes de faux-culs. Il se tourne parfois, vérifiant qu'on le suit, chuchote quelque chose à celui qui est près, le jeune gonfle le torse, il se sent important, mais le ponte est déjà reparti loin devant, il ne marche pas, il vole. Aucune femme dans ce manège rodé, un homme parmi les hommes commande son monde d'hommes.

À travers la foule, je discerne Stein qui me fixe longuement avant de s'asseoir face au piano. Deux notes jaillissent, puis d'autres notes, piécettes qui chutent sur le parquet ; je reconnais le thème d'une de nos chansons, un frisson me parcourt, ma bouche s'ouvre spontanément, les mots des paroles sortent dans un souffle puissant, enlacent la musique pour ne plus la quitter.

Dans la salle, pas un mot. Entre Stein et moi, un chemin se dessine, je marche lentement vers lui, ma voix et sa musique se répondent. Lorsqu'arrive la dernière note, plus rien ne se passe pendant quelques secondes. Puis une salve d'applaudissements.

De retour à Paris, j'apprends que ma sœur est hospitalisée à cause d'une crise qui l'a épuisée. « Natsuo arrive dans deux jours ; dans son état, ta sœur ne pourra pas s'occuper de lui. Si on le renvoie chez le père, il saisira l'occasion pour ne plus le laisser venir. Tu crois que tu pourrais t'en occuper ? »

Je ne me suis jamais occupée d'un enfant. Quand je hoche la tête positivement, je me dis qu'au fond, ma seule vraie crainte est celle de m'y attacher alors qu'il est là par intermittence.

La chambre d'Anna sent l'absence, ses affaires pêle-mêle traînent sur le sol, comme si une tempête était passée par là. J'aperçois au milieu le dos d'un jeune homme qui ramasse un tee-shirt à l'effigie de Blondie, quand il se lève et se tourne, je peine à reconnaître Natsuo, je l'avais quitté gamin, le voilà à mi-chemin entre l'enfant et l'adulte, ses jambes, ses bras se sont allongés, son visage est marqué par un regard plus grave, il a sur le menton un début de duvet. Il me reconnaît de suite, malgré ma métamorphose : «Konbanwa, Nin san*.»

Sa voix a légèrement mué. Il se baisse pour reprendre le rangement en silence. Je préférerais qu'il pleure, qu'il hurle à l'injustice d'avoir fait des kilomètres pour voir sa mère et se trouver dans cette chambre vide. Mais il n'en est rien, il place chaque vêtement dans l'armoire, en prenant soin de faire des piles.
«Quand tu voudras, on ira marcher dehors.
– Hai**.»

Nous allons côte à côte sur les pavés parisiens, il marche, mains calées dans ses poches, en regardant le sol jonché de feuilles d'automne. À son contact, je prends un chemin intime et silencieux vers ce que je peux imaginer de ce que fut ma sœur quand elle avait son âge, quels étaient ses gestes, l'expression de son visage, sa démarche ; je mesure combien elle m'a manqué. Qu'il est troublant de la découvrir à travers son fils !

Halte dans un café, rue Thorigny, les tables sont petites, les sièges confortables ; nous pouvons regarder les gens passer sans qu'ils nous voient. Je lui explique que j'adore ça, choisir une personne, deviner son histoire.
«Ma mère fait la même chose ; ça l'aide à écrire.»

Silence.
«Tu sais pourquoi elle est à l'hôpital ?
– Non. Je suis rentrée de New York, ton grand-père m'a appris ça ; elle avait besoin de repos, elle est entre de bonnes mains, ça va aller maintenant. Toi et moi, nous allons passer du temps ensemble.

---

* Bonsoir, Nin

** Oui.

– Grand-Père dit que maman n'a pas le droit aux visites.
– On va sortir, faire des musées, je sais bien que cela ne remplacera pas la présence de ta mère mais au moins tu te changeras les idées. »

Il me dévisage avec un air reconnaissant.
« Grand-Père m'a dit que tu fais un disque, c'est pour ça que tu as changé ton apparence ?
– Entre autres.
– Ne t'inquiète pas pour moi à propos de maman, depuis le temps, je me suis habitué. »
Nous sortons, visitons des expos. Le chagrin ne quitte pas Natsuo.
« Nous allons aller voir ta mère.
– Elle n'a pas droit aux visites, tu sais bien.
– Tu es venu du bout du monde pour la voir, alors, tu vas la voir. On ira cette nuit ! Ne dis rien à ton grand-père, ce sera notre secret. »

Il me fixe, effaré. Puis s'anime à nouveau. Quelques heures plus tard, nous sommes dans la chambre d'Anna ; elle est endormie, le drap se soulève lentement à chacune de ses respirations. Elle a une balafre sur l'arcade sourcilière et je remarque un bandage à son poignet.

Natsuo saisit délicatement la main de sa mère, il la manipule comme s'il craignait qu'elle se détache ; il se penche près de son oreille, je l'entends murmurer. J'imagine que sa voix marche vers le cœur d'Anna, à travers les méandres du sommeil chimique ; j'espère que cela lui donnera la force d'aller mieux.

Oubliée, l'urgence de quitter la chambre. Nous guettons chaque signe de vie d'Anna comme autant d'espoirs de la revoir à la maison.

Sortis de l'hôpital, nous marchons en silence ; un élan nouveau imprègne la démarche de Natsuo. Au bout d'un instant, je sens dans ma main glisser la sienne.
« Arigato gozaimasu*. »

La fumée du bol de café pique nos narines. Le pain sort du toaster dans un bruit de ressort métallique et diffuse son odeur de mie grillée ; il y a de la buée aux fenêtres, c'est bon, se sentir au chaud, les pieds dans des grosses chaussettes, le corps dans un pyjama doux.
« À Tokyo, comment se passe ta vie ?
– Ça va, mais...
– Mais ?
– Pour mon père il faut être le meilleur.
– Il est si autoritaire ?
– Quoi que je fasse, ça ne sera jamais assez.
– Tu as essayé de parler avec lui ?
– Il déteste qu'on se plaigne. Tous les pères japonais, c'est la même chose.
– Il doit bien y avoir un moyen de changer quelque chose à ça.
– Non. Un jour, je vivrai ma vie comme je veux.
– Ton père aurait pu se comporter autrement.
– Tu connais des pères japonais qui se comportent autrement ? Son père était un patron d'industrie encore plus dur que lui ; ses employés l'appelaient Le sabre. Tu sais pourquoi ? Il sabrait dès que « ça dépassait ».
– Tu aimes ton père ?
– Qu'est-ce que tu veux dire par aimer ? Je le respecte et c'est seulement ce qu'il attend de moi. »

Écouter Natsuo me rappelle les dommages causés par la toute-puissance d'un adulte. Plongeon des années en arrière.

---

* Merci.

Je me revois à son âge, plus aucune innocence, juste une frayeur qui ne me lâchait pas. C'était un autre contexte mais les mêmes dommages, l'impression de ne jamais s'appartenir.

Des questions m'assaillent : pourquoi ai-je subi ? Pourquoi n'ai-je pas poussé le sale bonhomme de ma mère qui a abusé de moi dans l'escalier quand je pouvais, il revenait saoul tous les soirs, ça aurait été facile ? Pourquoi ne me suis-je pas enfuie plus tôt ? Sans doute, la peur me paralysait, la peur de cette force lorsqu'il était sobre, il cognait, il aurait pu tuer. Ne l'avait-il pas fait avec le chien quand il avait rué dans ses bouteilles ?

Aujourd'hui, je me sens prête à montrer les poings, à faire justice pour la petite que j'étais. Plus peur de ce soûlot. Impossible même de l'imaginer qui continue à respirer, à bouger comme si de rien n'était.

Les jours qui suivent sont occupés à imaginer, organiser un plan pour l'éliminer. Deux voix se livrent un combat à l'intérieur de moi. L'une crie Oublie, passe à autre chose et l'autre Détruis-le ! La seconde prend le dessus.

Je me mets en recherche de l'adresse que je finis par trouver dans les papiers que mon père conservait concernant la maison de ma mère. Au fond d'un meuble, caché sous les courriers je trouve un petit Beretta, un 7.65. Je le fais bouger entre mes doigts, il est parfaitement adapté à ma main, j'extrais le chargeur de la crosse. Vide. Fouille des tiroirs, des placards... Je finis par tomber sur une vieille boîte de cigarillos remplie de balles. Ne plus penser, agir : j'enfourne les balles dans ma poche, cale le Beretta dans mon sac ; direction gare Montparnasse.

Les images défilent derrière la fenêtre du train qui m'emmène jusqu'à la ville perdue dans laquelle j'ai prévu de louer une voiture ; de temps à autre, je jette un regard sur la boursouflure du sac, dessous, le Beretta.

Je ne songe pas une seconde que je suis en train d'aggraver mon cas, faire justice est impérieux, pas de quartier. Éliminer ce rebut, c'est régler son compte à tous les bourreaux d'enfant.

J'arrive dans ce hameau au milieu de nulle part. Une vingtaine de maisons sans charme de constructions identiques, elles attendent l'usure du temps dans un silence de carmes. La baraque correspondant à l'adresse sur mon papier est posée sous un arbre filandreux qui jouxte une clôture rouillée. Volets mi-clos, l'un d'eux bat dans le vent, des rideaux fripés, des torchons.

En guise de jardin, un carré de foin grillé par le soleil ; il y a une taupinière à peine recouverte, un arrosoir troué gît sur une mare jaunâtre. Seule forme vivante, une corneille qui boitille en déchiquetant un bout de viande racorni. Je traque les traces de mes semblables. Là, une roue de vélo contre un mur, ici, une brouette renversée, du courrier sortant d'une boîte aux lettres.

La couleur terne du soir ajoute un air de tragédie. Dans l'horizon, une tache peine à se mouvoir. C'est lui. L'abominable. Brusque nausée.

Sa silhouette noyée sous la graisse titube plusieurs mètres et m'apparaît plus nettement. Son crâne, un œuf parsemé de cheveux blancs. Il porte un bleu de travail taché d'huiles de moteurs, le même qui me faisait horreur ; sa grosse main pataude tire un pack de bières ; va-t-il s'effondrer ? Ses croquenots crottés semblent être lestés de plomb.

Il parvient à la grille, s'y reprend à deux fois pour saisir la poignée. Le pack de canettes est projeté sur le sol dans un bruit fracassant. Puis commence une recherche lente et désespérée ; ses doigts fouillent une à une les poches de sa veste ; il hurle des injures, yeux tournés vers nulle part, sa voix traînante et lourde abîme le silence, ma nausée décuple.

Puis sa main vient percuter la vitre qui se brise en éclats, ensanglantant la peau ; il actionne la poignée, pousse les battants, le voilà qui se hisse comme un insecte gras ; son godillot s'élève avec hésitation, accroche le rebord, il maugrée en soufflant, soulève péniblement son énorme postérieur ; une énième poussée finit de le rentrer. Bruit sec de sa chute sur le sol. Il a perdu, dehors, quantité de babioles : montre, monnaie, tickets de tiercé.

La porte de la maison s'ouvre en trombe, il sort pour se saisir du pack sans même remarquer les objets à côté ; puis il fait demi-tour. Voix d'un commentateur du tour de France, il a dû allumer la télé. Lui laisser le temps de siffler sa bière, endormir tout réflexe de défense.

L'angoisse me saisit. Dans trois, quatre secondes, je vais être face à lui, à son haleine fétide, son regard globuleux. Je me sens sale d'un seul coup. J'avais oublié combien cette saleté était dure à enlever.

Ma main serre le Beretta dans ma poche. Je vais lui donner ce qu'il mérite, une balle dans le ventre. Je le regarderai se tortiller, implorer, alors je tirerai dans la gorge. Et ça sera fini. Justice. Je frappe à la porte.

Vacarme assourdissant. « Merde ! » J'entends ses pas lourds. Dans ma poche, mon doigt est sur la détente. Fracas de la porte. Face à face. Plus rien à voir avec l'abominable, celui-là a disparu dans l'amas de gélatine et d'alcool qui me scrute. Sa grosse tête rougeaude tombe un peu sur son marcel taché. Il pue. « Qu'est-ce que c'est ? Ssssalope ! »

Il ne me remet pas ; mon apparence n'a certes plus rien à voir avec ce que j'étais quand il posait ses sales pattes sur moi, mais c'est surtout que son degré d'alcoolisation est à l'apothéose. Plus aucune lucidité dans ce type, mon doigt glissé dans le Beretta s'engourdit. Dégoût. Immense déception que la vie se soit chargée elle-même de cet assassinat, si je tirais il ne saurait même pas qui lui règle son compte.

Je prends mes clics, mes clacs pour rebrousser chemin, je l'entends maugréer et cracher, il est loin. Il est mort.

Arrivée à Paris, je range le Beretta et les balles. Je sens dans mon ventre des remous de pourrissement, pour m'en débarrasser, je m'en vais déféquer. Finie, cette puanteur qui m'empêchait.

«Ta sœur est rentrée, les médecins disent qu'elle doit se reposer.»

Je m'apprête à quitter la pièce, quand il pose sa main sur mon bras.
«J'ai remarqué que le Beretta a changé de place. Tu... as des ennuis ?
– Non ça va, merci.

– Si tu as des ennuis, dis-le-moi et je m'en charge.
– Ne t'inquiète pas il n'a pas servi. Ça va.»

En traversant le salon, je vois ma sœur recroquevillée sur le canapé. Ses doigts entortillent les franges d'un coussin ; elle remue la tête de droite à gauche ; ses yeux flous fixent un point qu'elle est seule à voir.

La courbure de sa nuque en prolongement du dos voûté lui donne une allure d'animal apeuré ; ce qu'elle murmure est incompréhensible ; je passe ma main sur son épaule sans garantie qu'elle me distingue.

Mon père vient près de moi. «Ils ont augmenté la dose de son médicament, elle est un peu ensuquée.» Il est habitué aux atermoiements de l'humeur d'Anna, à ses allers et retours en hôpital, il ne s'obstine plus à rechercher dans l'Anna en crise la jeune femme lumineuse qu'elle est quand elle va mieux. Il a compris que c'est peine perdue, il sait qu'un jour sans qu'on s'y attende, l'autre réapparaîtra. J'ai de mon côté le cœur en vrac de la voir comme ça.
«Viens, je vais te montrer la toile que le Président m'a commandée !
– Le Président, rien que ça ?
– Qu'est-ce que tu crois ?»

Nous rions de bon cœur, des rires j'en voudrais des milliers pour effacer la grisaille qui s'obstine. Je songe d'un coup à ceux que je partage avec Samuel Stein, ils me manquent ces rires...

Nous entrons dans l'atelier baigné de lumières. Au milieu, une grande toile couverte de nervures orange sur un fondu de jaune ; un éclat de joie giclant sur la blancheur de tout ce

qui l'entoure. Mille sensations traversent mon corps de part et d'autre. Mon père m'apprend que l'artiste commence à être coté, le Président a décidé de pousser la jeune création.
« Quand viennent-ils le chercher ?
– Demain, il sera dans les appartements privés.
– Nous pouvons donc un peu en profiter. »
Nous nous asseyons devant en silence.
Lorsque je retourne vers ma chambre, je passe devant celle de ma sœur. Natsuo y est assis sur le tapis, nez collé à un livre qui semble le passionner. Sur le lit d'Anna, un gros sac ouvert dont dégoulinent soutien-gorge, collants, pyjama.
« C'était bien, ta balade à la campagne ? »

Sa perspicacité m'impressionne.
« Comment sais-tu que je suis allée à la campagne ?
– Tes bottes pleines de terre. »
Il sourit. Je ne sais pas exactement ce dont il se doute. M'aurait-il vu ranger le Beretta ? J'essaie d'en savoir plus mais il se plonge dans son bouquin. Je m'assieds au bout de son lit.
« Ta mère est fragile ; elle a besoin de repos. Est-ce que tu veux venir avec moi à New York ? Je dois y retourner une semaine pour le disque. »
– Vas-y, Natsuo. »

Ces mots proviennent d'une voix éraillée. Ma sœur dans l'embrasure de la porte poursuit : « Elle a raison, je dois me reposer, tu seras mieux avec elle. »

Natsuo fixe sa mère.
« Je ne peux pas m'éloigner, tu as besoin de moi.
– Tu peux y aller, Natsuo... J'ai besoin d'être seule. On se verra après.

À Paris, j'attends le producteur musical de Stein pour l'Europe. Je dois discuter les conditions financières du disque. Sur le reflet de la vitre, plus aucune ressemblance avec la Nin du passé. Seuls mes tatouages font trait d'union avec elle. Je commande un jus de tomate, Stein m'a dit : « Garde la tête froide, c'est un vieux crocodile. »

Arrivée au bout de trois quarts d'heure. Une masse ! Blouson de cuir, chemise de toile noire dont les boutons sont prêts à craquer, ventre énorme bedonnant au-dessus d'un futal de moujik ; à ses pieds, des bottes de motard pleines de terre ; il traîne derrière lui un chien à la gueule patibulaire qui renifle tout et se vautre près du maître, je pense à l'instant que les pieds du siège risquent de céder sous son poids, il valdinguerait à la renverse, écrasant la bestiole.

Il pose sur moi un œil pétillant, sa bouche dessine un sourire carnassier et ses doigts boudinés empoignent la carte. « J'ai une faim de loup, moi ! » Il a, de chaque côté des yeux, de petites pattes ; lorsque je tourne la tête, je sens qu'il lorgne ma poitrine l'air gourmand. « Bon, parlons de choses sérieuses, Stein est une vieille connaissance. Les conditions, vous en avez discuté ensemble, alors, ça devrait aller vite. »

Envie de lui dire qu'avec Stein nous n'avons rien discuté du tout mais je le laisse poursuivre. Il sort du blouson un bloc de feuilles mouchetées de taches de café. « J'ai préparé le contrat... Vous regardez tête reposée, les chiffres ont été vus avec Stein comme j'vous l'ai dit. On dîne tranquille et vous me refaites signe en fin de semaine. »

Lorsqu'arrivent les assiettes sur la table, ses mouvements s'arrêtent net. Sa figure ronde se penche sur le fumet qui monte de la grillade ; son nez veut tout capter ; ses yeux se ferment. J'imagine dans son crâne quelque chose de l'ordre du religieux, une expérience profonde qui proscrit la parole. Ses mandibules engoncées dans le cuir qui crisse se contorsionnent, laissant aux paluches le loisir de saisir, tordre, se salir pour porter à sa bouche les côtelettes ruisselantes. Ses doigts luisant de gras agrippent leurs proies alors que s'active la machinerie de la bouche, occupée à broyer le solide dans ses bajoues enflées de plaisir.

« Vous ne touchez pas à votre assiette ? » Je dois m'exécuter si je veux continuer à faire partie de son monde. Notre alliance tient à des côtelettes d'agneau. Je contre mon peu d'entrain, lance mes mains dans cette marre pour rejoindre la famille des seigneurs de la bouffe, tout en jetant un œil au contrat. Je feuillette et remarque deux lignes de chiffres.

« Mes droits d'auteur sont très inférieurs à ceux de Stein, près de la moitié. Je suis moins connue, voire pas du tout, d'accord, mais la voix sur le disque, c'est quand même la mienne ! » Il continue à engloutir ses côtes derrière une pluie de postillons. «Écoutez, j'ai eu Stein au téléphone, il a dit que vous êtes d'accord. J'ai des contraintes drastiques, moi, je peux pas augmenter l'enveloppe. Stein dit qu'il peut pas descendre ses droits, alors j'ai dû mettre les vôtres à la baisse.»

Je reste sonnée ; je ne m'attendais pas à ça. Je prends le téléphone du producteur et appelle Stein, peu importe l'heure qu'il est à New York. Dès qu'il décroche, je lui crie : «Samuel, je suis devant le contrat, là, et je suis dégoûtée, j'arrête la promotion du disque, avoir la moitié de vos droits c'est injuste!»

Silence au bout du fil puis sa réponse arrive :
«Tu compares ce qui n'est pas comparable, dans le monde du disque tu n'es encore rien. Il faut te faire un nom. J'ai un nom. Si tous mes producteurs apprennent que j'ai accepté de baisser mes droits, les futurs contrats seront aussi plus bas. Et ça, je ne peux pas l'envisager.
– J'ai amené les textes jusqu'au titre qui est celui d'une des chansons !
– Mais tu t'appelles pas Samuel Stein. Que tu le veuilles ou non, c'est Samuel Stein que les gens viendront chercher en premier quand ils rentreront chez le disquaire.
On va pas se brouiller pour des questions de fric, quand même ?
– Pourquoi vous ne m'en avez pas parlé avant, je viens de découvrir ça comme ça...
– Je pensais que tu comprendrais, que ça ne prendrait pas de telles proportions !»

Je raccroche, le producteur se penche vers moi :
«Ça va ?
– Je suis déçue. Stein ne m'en a jamais parlé avant.
– Je comprends.

– Vous êtes proche de Stein ? Je veux dire, vous connaissiez sa réputation avant de bosser avec lui ?
– Quelle réputation ?
– C'est un squale en affaires, pas mal de ses partenaires professionnels ont jeté l'éponge, il est businessman avant d'être artiste, vous comprenez ? »

Il rit à gorge déployée devant ma mine interloquée.
Je décide en quittant le producteur de prendre l'avion pour New York le lendemain.

Deuxième partie

Le regard neuf de Natsuo apporte à notre arrivée à New York une fraîcheur inattendue. Le voir joyeux, alors que quitter sa mère restée à Paris lui a fendu le cœur, me ravit.

Je l'installe à cet hôtel dans lequel j'avais séjourné avec Anna plusieurs mois auparavant ; le maître d'hôtel qui ne sait comment faire pour nous être agréable, laisse à Natsuo l'accès au piano de la salle de réception de sorte qu'une fois le sommeil récupéré je le saurai occupé et pourrai me rendre à l'appartement de Stein.

L'ascenseur s'ouvre sur Stein au milieu du salon, les notes de sa musique sont pures comme des éclats de cristal ; il ne me remarque pas, tout l'oblique de son corps coule sur le piano ; je m'assieds dans le fauteuil en cuir de l'entrée et ferme les yeux pour laisser les sons glisser dans mon esprit. Ma colère se dilue, je la sens devenir vague contrariété puis insignifiante. Pour une histoire d'argent, je perdrais la chance de le côtoyer, lui, sa personnalité, sa musique ? À ma surprise, j'y suis plus attachée que je ne le pensais. Je sors de ma poche le contrat que j'avais prévu de déchirer devant lui, le signe et le pose avant de filer dans l'ascenseur.

Lorsque deux jours plus tard, je reçois son appel, je ne suis pas étonnée d'entendre sa voix joviale ; il a trouvé le contrat, nous allons repartir sur de bonnes bases. Il me propose d'aller marcher dans le parc. « C'est l'heure des joggers, nous pourrons nous asseoir et les imaginer sans frusque, ce sera rigolo. »

Nous rions de bon cœur en oubliant nos âges ; sur le banc d'en face, une vieille nous observe ; elle doit croire que nous sommes un couple illégitime qui se raconte des choses coquines ; ça décuple notre allégresse. J'aime son rire, le mien en écho ; je n'avais jamais remarqué comme il est beau, mon rire, c'est bon de le laisser exploser, injure à l'âpreté du passé.

« Tu séjournes à l'hôtel quand tu viens à New York ? Tu apprécierais sans doute d'avoir un lieu à toi. J'ai une maison au bord de l'eau qui n'est plus habitée, Alma et moi, nous l'avions aménagée ensemble ; depuis 2001, je n'y ai pas remis les pieds. Trop de souvenirs... Quelqu'un gère l'entretien pour moi. » Il me tend des clés et un plan : « Tu devrais aller y faire un tour avant de prendre ton avion du retour... Si ça te plaît, considère-toi chez toi. »

Je ne sais plus ce que ça signifie, un « chez moi ». Cette proposition me procure une excitation réelle. Quelques jours plus tard, je suis dans les Hamptons. L'endroit est bordé de demeures impressionnantes. Je parviens enfin à un escalier qui s'éteint sous le sable ; en haut des marches, un immense cube de bois blanc, deux étages, d'immenses baies vitrées, un toit piqueté de sable. La porte gémit, une odeur de renfermé me monte au nez.

J'ouvre les volets, la grande pièce centrale se gorge de soleil ; par les baies, l'océan envahit l'espace puis ressort. Sur un des côtés, un miroir renvoie la lumière. L'escalier de bois craque sous mes pieds ; je découvre à l'étage deux chambres calfeutrées, volets clos, meubles sous housses. J'enlève, j'ouvre pour que tout respire. Par endroits, le bois est moisi. Envie de m'octroyer l'espace. Je frotte, jette, déplace ; je veux poser mon empreinte dans cet endroit nouveau.

Mes yeux s'arrêtent sur une console qui croule sous des cadres d'argent ; dans l'un d'eux, une photographie de Stein près d'Alma. Ils semblaient heureux, en voyage sans doute ; elle a dans les cheveux une fleur tahitienne. Minutieusement je prends les cadres, les retourne et les dépose en haut d'une bibliothèque. Prise d'un vertige en redescendant. La fatigue, sûrement.

Autour, aucune autre présence vivante qu'un oiseau blanc qui surplombe la mer. Je sens une forme de liberté, aucune chaîne me raccroche à la porte de cette maison ; Stein me dit que quelqu'un s'en occupe ; je peux donc y venir quand j'en ressens l'envie, le besoin. Elle est « chez moi », maintenant si je veux. Je me répète ces deux mots : « chez moi »... Je trouve cette idée agréable. « Je garde les clés, merci, à bientôt. » J'adresse ce mot à Stein, en repartant vers l'aéroport le lendemain.

Je sais aussi que le disque que nous avons fait est le dernier. J'ai signé le contrat pour permettre à notre lien de grandir. Déchirer le contrat l'aurait stoppé net. Aujourd'hui, je sens, les clés en poche, qu'autre chose de plus grand nous relie, jouer et chanter côte à côte ne sera plus la seule raison de nos rencontres.

Un message arrive sur mon téléphone : « Heureux d'apprendre que cette maison va reprendre vie. Je fais les papiers pour qu'elle soit à ton nom. On se voit à Paris lors de ma venue à Pleyel, je te ferai signe. Stein PS : de quoi t'occuper les zygomatiques pendant ton voyage : quelle est la différence entre deux zèbres ? »

À mon retour à Paris, Anna me tombe dans les bras après avoir embrassé son fils, elle me pousse vers ma chambre et me montre du doigt un gros paquet sur le lit. « C'est arrivé pendant votre absence. »

Je reste un moment pétrifiée, quelqu'un a envoyé ici quelque chose à mon intention sachant qui je suis et où je vis. Comme moi, Anna sait que cette chose peut changer le cours de mon existence, que la cavale risque de reprendre.

Découpe de l'emballage, du papier bulle apparaît. Je reconnais les couleurs, une odeur familière, la matière reconnaissable entre mille de la housse de ma guitare. Comment est-ce possible ? Mes mains sont deux guerrières avides, le papier vole, les bulles craquent et ma guitare se dévoile. Magnifique. Inchangée dans sa robe de laque, les cordes tendues comme des archers, sa lanière enroulée autour d'elle.

Je la soulève, la cale sur ma hanche, elle reprend d'elle-même sa place.

Natsuo branche le câble, mes doigts s'impriment sur les cordes, le son déchire le silence, le pulvérise.
Tout se met à vibrer, du côté gauche de ma poitrine, je sens un pic. Envie de monter sur une scène, de connaître à nouveau cette transe, de voir les visages des gens qui hurlent et en redemandent. Ah que tu m'as manqué ! Me reviennent des souvenirs. Le groupe, les copains, les tournées, la vie de bohème, le choix de ne plus continuer après la mort du bassiste, qui avait mis le nez un peu trop souvent dans la poudre, et avait tutoyé un camion, un soir de déveine.

Pourtant, si j'ai voulu ranger ce passé dans un coin de ma mémoire, tout est encore là, mes doigts bougent d'eux-mêmes sans que je puisse arrêter, ils retrouvent un morceau, puis deux, puis tous. Mes deux observateurs sont médusés. La cour pavée résonne d'un raffut infernal ; Anna me crie : « Continue, j'adore ! »

Natsuo tape du pied pour battre la mesure. J'entame une chevauchée dont je ne maîtrise rien, le métal me transperce de part et d'autre ; mes doigts courent, ralentissent, reprennent leur assaut de plus belle.

Me revient ce jour où ma passion a pointé son nez la première fois. J'avais dix-neuf ans. Mes doigts avaient traîné de temps à autre sur une des guitares échouées sur une banquette de la boîte où j'étais serveuse. Un soir, un grand type était sur scène, il s'entraînait pour un concert qu'il donnerait dans les heures suivantes. Tous mes gestes se sont interrompus quand est arrivé le son de la guitare électrique. J'ai senti une vibration le long de ma colonne, un truc qui prend aux tripes et résonne juste à l'écorchée que j'étais... Ça a accroché mon esprit et ne l'a plus lâché. Je n'ai ensuite eu de cesse que de travailler pour me payer ma propre guitare, suivre des cours pour devenir une excellente musicienne.

Natsuo me tire de ma rêverie et me montre un bout de papier : je le tire, le déplie et reconnais immédiatement l'écriture : « Nin. Elle comptait beaucoup pour toi. Je l'ai récupérée, manière de te dire que je ne t'en veux plus. Ils continuent de te chercher mais je ne dirai rien. Jeff »

C'est une salle sombre, quelques spots éclairent la scène. L'annonce indiquait qu'ils cherchaient une guitariste pour compléter un groupe qui se produit dans de petites salles. Un moyen de tester si je sais encore jouer sur scène. Plusieurs types s'agitent sur leur instrument ; un malingre chevelu à la guitare, un jeune à la batterie, derrière le micro, une asperge rouquine crache des cris aigus. Je ne ferai pas demi-tour, je m'approche, fais un signe de la main pour indiquer ma présence. Le jeune s'arrête de jouer et traverse la scène. « Joseph. Tu viens pour la guitare ? » Son haleine pue l'alcool et le tabac anglais. « Oui. Moi c'est June. »

Je monte sur scène et me présente aux autres. La rouquine me toise, l'air méfiant. Elle pousse vers moi un siège : « Montre-nous ce que tu sais faire ! »

Le barbu pose ses mains sur ses jambes et attend. Au fond, j'entends monter le son de la batterie. Un galop lointain de cheval dans la toundra puis le galop augmente, il devient pulsation d'un cœur rendu fou. Joseph me mange des yeux, sa musique réclame la mienne, c'est comme s'il m'attendait moi tout entière. Je sors de sa housse ma guitare, passe la bandoulière au-dessus de ma tête, branche le câble.

Les coups de la batterie me font chavirer l'âme, je colle sur eux le rif de mon instrument, hurlement de lionne, je retrouve sous ma main la griffure des cordes, elles résistent, se donnent, puis en réclament encore. Les autres nous jettent des regards ahuris. Je ne m'arrête plus, ça m'échappe complètement : le son de la batterie cambriole ma musique, la pénètre de toute part et la quitte puis le martèlement revient, il grandit à nouveau, remplissant de ses coups les vides de mon morceau, Joseph me regarde, les yeux exorbités, il perle de sueur, je ne sais plus très bien s'il est attirant ou repoussant ; son front est recouvert de ses mèches trempées ; sur ses baguettes, ses doigts pissent le sang ; il tape tellement vite que ses bras semblent se décrocher de lui ; les cercles de métal volettent et se castagnent ; la sueur coule sur eux et va éclabousser les lattes du sol visqueux.

Mes doigts ne sont plus que douleur, ma hanche sur laquelle cogne la guitare me lance mais ma cervelle vient de se réveiller, elle est gorgée de vie.

Dans cette petite salle, j'existe. Je suis Nin Sontag, guitariste hors pair, j'ai à nouveau vingt ans, devant, tout est possible. À la fin du morceau, la rouquine me dit : « C'est bon, tu peux rester ! »

Je pars m'éponger derrière le rideau au fond de la salle ; adossée contre le mur, je sens la pierre gelée m'engourdir la peau. La tenture se tord, laissant passer Joseph, deux canettes à la main ; son doigt mouillé de bière se pose sur ma bouche tandis que sa jambe se cale entre mes cuisses. «Tu touches à la guitare!»

Ses yeux sont un peu torves, il observe mes lèvres avec avidité. Sans attendre que je parle, il bouge son pouce sur ma lèvre inférieure, m'attrape le menton, le porte vers son visage, m'embrasse un peu brutal. Le vacarme derrière ne stoppe pas notre ardeur. Il me tourne, me colle contre le mur; sa main décroche la boucle de ma ceinture. Cliquetis; ses doigts cherchent ma poitrine, il se colle en me mordant la nuque, puis me prend d'un coup, martelant doucement puis plus vite; contraste, chaleur de sa peau, froideur de la pierre, je bascule de plaisir.

Je me tourne et regarde sa gueule d'ange. Nous restons en silence, rassasiés. Encore un peu sonnée je saisis ma guitare, me plante sur la scène et ne cesse plus de jouer; trois heures se succèdent, les morceaux sont rodés, nous sommes prêts pour ce soir.

Dans la salle enfumée, une foule de rockers éméchés; hurlements et bruits de verres cassés donnent le départ. Je ne distingue plus la scène, mes yeux sont propulsés vers ailleurs. Les minutes deviennent des heures, je transpire tant que les cordes glissent, mon cœur cogne comme un fou. Je sens cette transe collective, où tout m'échappe, je sens les gens bouger, avoir du plaisir ensemble sans même se connaître, j'aime cette sensation d'être à l'origine de ce plaisir, par ce que je crée, par ce qu'on crée moi et ces musiciens.

Je quitte la salle sans me retourner. Il fallait le faire, ce concert, pour me prouver que je pouvais rejouer. Mais les tournées, l'incertitude du lendemain, vivre uniquement pour la musique; ça, ce n'est plus moi.

Je songe à Anna, Natsuo, mon père, Stein auprès desquels je veux rester. Quand Joseph me rattrape pour me tendre la liste des villes où ils joueront, je la prends sans conviction. Nous nous nous donnons un baiser rapide en sachant lui et moi que c'est le dernier.

Je rejoins mon père dans le café du bout de l'île. Salle bondée. Le garçon virevolte entre les tables, plateau au bout des doigts ; son autre main pose, retire dans un cliquetis cadencé porcelaines et cuillères. Ça sent les croissants chauds et le café amer. Mon père est affalé au milieu ; il regarde de chaque côté, l'air méfiant. Je ne l'avais jamais vu ainsi. Il triture la carte, jetant un œil par instants sur sa montre. Il a peur, on dirait, mais de quoi ?

« Je dois partir. Vite.
– Partir, mais comment ? C'est grave ?
– Assez, je vais devoir disparaître du paysage quelque temps.
– Je peux t'aider ?
– Oui. En prenant en charge la vente des tableaux et en jetant un œil sur ta sœur et ton neveu pendant mon absence.
– Bien sûr, je ferai ce qu'il faut.
– Voici les coordonnées de Carmine, un ami. Si tu as besoin, tu peux l'appeler. »

Il s'apprête à se lever mais je le retiens.
« Avant que tu partes, j'ai besoin de ton avis. Jeff a envoyé un paquet pour moi à notre adresse. Ma guitare avec un mot comme quoi il ne m'en veut plus... Bref, il sait où je me trouve.

– C'est très emmerdant... Ton Jeff c'était pas un modèle de fidélité mais pas un tordu, je crois? On peut en déduire que s'il veut te donner aux flics il va pas t'envoyer ta guitare?
– Alors, ton conseil c'est que je ne bouge pas et je passe à autre chose?
– J'ai besoin de toi ici, on prend ce risque; dans la vie, sans risque, on n'arrive à rien.»

Je le regarde traverser le pont. Me revient le rêve récurrent dans lequel je me hâtais derrière lui, le suppliant de m'emmener. «Papa!» Il se retourne, je me jette dans ses bras. «Ne t'en fais pas, je me suis toujours tiré d'affaires.»

À mon retour dans l'appartement, je trouve une carte dans la boîte aux lettres: «Tu as trouvé la différence entre deux zèbres?»

Je prends le téléphone, compose le numéro de Stein.
«J'ai reçu la carte... Je ne sais pas répondre...
– Moi non plus!»

Éclat de rire partagé.

Les mois qui suivent passent vite. Je vais régulièrement à Venise pour assurer le commerce des tableaux. Je fais autrement que mon père mais les résultats sont là, les ventes se maintiennent.

Lorsque je vais en Italie, je retourne chez Sebastiano ; je m'installe près de lui, le regarde travailler, nous parlons de la vie.

Le temps s'étire ; je ne pensais pas que mon père s'absenterait aussi longtemps. Sa position tranchée sur les choses, sa protection et son recul sur l'état d'Anna me manquent. Je ne sais pas où il se trouve, je ne sais pas ce qu'il ressent mais je sens qu'il se tient au courant de ce qu'on vit tous ici. À l'exception de ce qui suit.

C'est un après-midi comme les autres, je suis de retour d'Italie, pousse la porte de l'appartement ; silence inhabituel ; le personnel de maison, absent. Tour des pièces : personne. Une crainte me gagne à l'approche de la chambre d'Anna. Et si elle avait fait une bêtise ? En poussant la porte, je trouve tout sens dessus dessous ; les armoires ouvertes, les vêtements et livres au sol ; des papiers partout.

Je vais dans ma chambre : même topo. Quelque chose dépasse de mon oreiller, je tire :
« Policiers sont là.
Jeff t'a dénoncée.
Prison sera moins pénible pour moi.
Prends soin Natsuo
Ai décidé, c'est mon choix...
T'aime
A. »

Je m'écroule sur le lit. Dois-je courir à la gendarmerie pour prendre ma place en prison ? Pourquoi Anna me fait-elle un tel cadeau, après tout, nous nous sommes retrouvées depuis moins longtemps que nous avons été séparées, est-ce possible qu'elle m'aime à ce point ? Aurais-je fait la même chose à sa place ? Probablement, non. Je me sens mal à l'aise.

Elle s'est sans doute dit que je suis seule à pouvoir continuer le travail de notre père. Que ses crises lui permettront une peine moindre à cause de la maladie. Si elle se conduit bien, ce sera une affaire de quatre, cinq ans... Moi j'en aurais eu le double.

Tout de même c'est cinq ans de sa vie qu'elle met en suspens ! Cinq ans, c'est énorme ! Ai-je le droit d'accepter ? Si je refuse, les affaires de mon père s'écrouleront. Natsuo ne viendra plus en France. Je relis son mot : « C'est mon choix. »

J'arrive devant un portique métallique; malgré mon apparence ne permettant plus à personne de faire le lien avec Nin Sontag, je sens une boule au ventre.
«Identité?
– June Ambert»

Je tends une fausse carte que mon père avait fait faire à mon attention. «Entrez! Quinze minutes!»

Pièce sans âme, une dizaine de parloirs si caricaturaux qu'on se croirait dans un film. Je m'assieds. De l'autre côté des vitres, des têtes patibulaires. Je vois entrer ma sœur, le visage étonnamment calme. Elle porte une salopette informe et traîne des pieds. Pendant de longues minutes, nous ne nous parlons pas, nous restons à nous regarder. Sourire sur ses lèvres. Elle a compris mon regard qui lui dit «merci.»

Elle pose sa main sur la vitre. La mienne se place instinctivement derrière; le verre disparaît; je discerne les nervures de sa peau, le sang qui afflue dans ses veines. Le temps dissout les odeurs d'urine et de tabac froid du parloir, nous sommes deux fœtus collés l'une à l'autre, nous nous parlons sans mot, nos cœurs battent à l'unisson.
«Tu n'as pas oublié
– Non. Tout est là.»

Je comprends que depuis toujours se cachait en moi la certitude de cette autre, de cette double qu'un jour, je retrouverais. Elle se penche vers l'espace parole de la vitre:
«Natsuo revient bientôt. Tu lui expliqueras?
– Oui.
– Tu vas rejouer de la guitare, n'est-ce pas?
– Ce concert, c'était pour me prouver que je suis encore capable de faire de la scène mais je ne veux plus de cette vie-là.»

Nous sourions toutes les deux.
«Tu as besoin de quelque chose?
– Du papier. Je veux écrire.»

Un bruit strident se fait entendre. Fin de la visite. Les prisonniers se lèvent pour rejoindre les portes de box. Malade de la voir là. Un violent mal de crâne me vrille la tête. Je manque de tomber.

À l'extérieur, il fait frais. Mille pensées contradictoires me tourmentent: «Tu es injuste! Tu ne peux pas faire autrement! Fais comme Anna a décidé! Tu dois t'occuper des affaires de ton père.»

Désolation du terrain vague autour de la prison, je marche sans me retourner, les pensées s'estompent. Une phrase de ma sœur revient, «Est-ce que tu vas rejouer de la guitare?» Comment pourrais-je conjuguer musique et affaires de mon père? Impossible. Depuis que je sais que Jeff m'a dénoncée, son cadeau, ses mots devaient être un leurre pour endormir ma vigilance, impossible de rouvrir la housse et jouer.

J'essaie de penser à ce que ressent Jeff. Je me force à l'exercice, même si ça me répugne. Je me dis qu'il a dû me vouer une haine tenace pour au bout de toutes ces années contribuer à mon arrestation. Certes, je l'ai laissé avec un cadavre sur les bras, celui d'une fille dont il était visiblement amoureux… A-t-il été inculpé à ma place? A-t-il fait de la prison? Je trouve une partie des réponses dans l'appartement. Classant les papiers de mon père, je découvre une pochette «NIN». Je l'ouvre.

Fatras de coupures de journaux sur plusieurs années toutes reliées par un événement clé, «Le crime commis au champ des

Gorse». Ainsi, sans m'en parler et déjà, avant que j'atterrisse dans sa vie, mon père glanait des informations à mon sujet. Ce que j'avais toujours fui, les informations de la presse, des chaînes de télé, je me décide à les prendre de front par la lecture détaillée des événements consécutifs au champ des Gorse.

«Le corps de la fille d'un industriel retrouvé champ des Gorse du lieu-dit Maurepas. Le chasseur ayant donné le signalement est un habitant du coin qui chassait au moment où il est tombé sur le cadavre. Le chasseur a été entendu mais rapidement disculpé: au moment du crime, il était derrière ses machines à l'imprimerie Glaxen. L'inspecteur en charge de l'enquête penche sur la piste d'un crime passionnel.»

«Affaire du champ des Gorse: Jeff, l'amant, est innocent. Plusieurs témoignages amènent à penser que la criminelle serait son ex-compagne, Nin Sontag, une jeune femme fragilisée par un passé chaotique. Selon Jeff, l'annonce de sa stérilité lui aurait fait perdre la tête.

Près de l'article, une photo de moi à vingt et un ans, "Avis de recherche" Sandro, le chien de la criminelle Nin Sontag mort hier soir. D'après les voisins, le chien était livré à lui-même depuis quelque temps, les uns et les autres se relayaient pour le nourrir mais il semble qu'il se laissait dépérir.»

Pique au cœur. Mes larmes coulent. Culpabilité. Me revient le souvenir de l'odeur de mon chien; la froideur de sa truffe sur ma joue, ses yeux gonflés de douceur. Putain Jeff, pourquoi tu as laissé crever mon chien?

«Bob Martens, le père de la jeune fille tuée au champ des Gorse: "Je suis dévasté. Ma fille avait la vie devant elle, elle venait de rencontrer un garçon, ils avaient des projets. Elle est morte. Et cette psychopathe qui a bousillé notre vie court toujours. Je veux la justice et je vais tout mettre en œuvre pour les aider."»

«Affaire des Gorse : la piste de Venise
Un des enquêteurs missionnés par Bob Martens raconte : "La criminelle a changé d'identité ; elle se fait passer pour une enseignante et a été repérée à Venise. J'étais près de la confondre quand j'ai perdu sa trace dans une ruelle près de la place Saint-Marc." »
«Qui est réellement Nin Sontag ? Jeff nous raconte :
– Je n'aurais jamais pensé que ça se passerait comme ça, que Nin était une meurtrière. Au moment du crime, nous étions en train de nous séparer. Moi j'étais très clair à ce sujet, mais elle ne voulait pas se résoudre à arrêter. Alors, elle restait dans son monde. Et puis ce matin-là, elle m'a surpris avec Morgane. J'imagine que si elle croyait encore à un avenir pour nous ça lui a fait un choc, elle a disjoncté.
– Si elle lit ces lignes quelque part dans le monde, qu'est-ce que vous voudriez lui dire ?
– Que je lui en veux de m'avoir fait ça. Morgane était une fille super, on avait envie de s'installer ensemble, de faire un enfant. Et elle m'a enlevé ça. En plus elle s'est enfuie sans laisser d'adresse. Alors, Nin si tu lis ça, s'il te plaît va au premier poste de police, dis ce que tu as fait, il faut te faire soigner, tu es malade.»

«Jeff sort un livre de photographies en hommage à Morgane Martens.
– Vous publiez un livre de photographies en hommage à Morgane, que représente cet hommage pour vous ?
– Ce livre est ma manière de témoigner à Morgane qu'on ne l'oublie pas ; son père et moi avions envie de faire quelque chose qui reste. On a réalisé ce projet ensemble.

– Comment allez-vous, maintenant?
– Je vis au Canada. Je pense à elle chaque jour. Mais je veux aller de l'avant. Mes projets professionnels marchent. Le champ des Gorse est derrière moi maintenant.
– Et savoir que Nin Sontag court toujours?
– Nin Sontag est dangereuse pour la société, des gens comme ça doivent être sous les verrous. Je laisse la justice faire son travail.»

La première chose que me demande Natsuo quand il arrive concerne la santé de sa mère. Je lui explique ce qu'Anna a décidé de faire pour moi.
«Elle est en prison à ta place?
– Tu penses que je devrais aller me dénoncer, n'est-ce pas?»

Il prend quelques secondes pour me répondre:
«J'ai envie de te répondre oui, parce que ce serait plus juste mais si elle a choisi de faire comme ça, je ne crois pas qu'elle voudrait qu'on aille contre ça.
– Crois-moi, il n'y a pas un jour sans que je n'aie envie d'aller me dénoncer.
– Je sais.»

Je le regarde, reconnaissante, il m'étonne par sa maturité. La justesse de ses mots me fait presque oublier nos âges respectifs.

Ma sœur est maintenant en unité psychiatrique. Visites éprouvantes, elle est comme droguée, elle répond à peine à mes questions et fixe un point dans le vide. Envie de me dénoncer, de rompre le silence et dire : « C'est moi qui ai tué ! »

Mais je repense aux mots de Natsuo, et je me tais.

Un jour, elle me reparle :
« S'il te plaît, ne viens plus. Tu crois me faire plaisir mais chaque au revoir est plus douloureux.
– Je ne peux pas te laisser seule !
– Si je te le demande.
– Et qu'est-ce que je vais dire à Natsuo.
– Dis-lui que j'ai besoin de solitude, il comprendra. C'est mieux comme ça pour le moment. »

« Tu as l'air affamée ! » Face à Stein, je me débats avec une entrecôte. Lui a déjà fini son assiette. De passage à Paris, il m'a invitée à le rejoindre. Il me raconte les affres d'un chef d'orchestre mégalo doté d'un petit appendice et objet de moqueries féminines dont il ignore tout ; récit sans méchanceté mais avec cette truculence qui n'appartient qu'à lui.

Difficile d'être joyeuse, je pense à ma sœur que je ne vois plus, à cette fichue culpabilité.
« Qu'est-ce qui t'arrive, ton esprit est ailleurs ?
– Ma sœur est en prison. »
Il me dévisage.
« Peine de quatre ans. Deux ans sont déjà passés ; encore deux. C'est long. Elle ne veut aucune visite.

– Qu'est-ce qu'elle a fait ? »

Je rêverais de lâcher mon sac, de lui raconter le meurtre, la fuite, l'acte héroïque de ma sœur à ma place en prison... Mais j'ai peur qu'il ne comprenne pas. Alors, je me referme : « Rien qui ne justifie ça. »

Il me prend la main, la serre fort.
« J'ai un bon avocat, je vous mets en relation ?
– Merci mais c'est inutile, elle a déjà eu une remise de peine. Ça m'étonnerait qu'on obtienne mieux. »

Nous sortons. La Seine est verdâtre. Nos yeux traînent sur les livres. « Parfois, quand rien ne va, s'enfuir loin aide à voir les choses autrement. Si tu profitais de la maison des Hamptons ? »

La vente des tableaux tourne, Zanni est présent pour m'aider si j'ai besoin. Ma sœur est en sécurité où elle est, c'est le seul avantage de la prison. Et Natsuo ne revient pas avant quelques mois. Je peux m'absenter une à deux semaines.
Cette pensée me plaît.
« Quand retournes-tu à Manhattan ?
– Dans dix jours.
– Nous nous verrons sûrement là-bas. »

Je retrouve la maison des Hamptons, ses baies vitrées inondées de lumière. La villa voisine semble habitée, les volets sont ouverts, un chien aboie. Je pose ma valise et me jette sur le lit.

Je prends mes marques rapidement. La lecture occupe tout mon temps. Entrer dans les histoires des autres pour oublier la mienne. Loin de moi, la fuite de mon père, le sacrifice d'Anna, la culpabilité d'être libre alors qu'elle est derrière les barreaux, les trahisons de Jeff, la mort de mon chien.

Un soir, on sonne. J'ouvre. Un homme d'une quarantaine d'années. «Bonjour, j'ai vu de la lumière. Ça fait une éternité que cette maison était inoccupée, content de voir que quelqu'un l'habite à nouveau. John! J'habite à côté.»

Il me tend une main énergique. Ses yeux plongent dans les miens. «Vous êtes ici pour longtemps? Vous êtes de quel coin?» Il balaie du regard la pièce de séjour. Sensation étrange qu'il connaît la maison mieux que moi.

« Je suis Française. Je vais rester quelques jours.
– Si vous avez besoin de quoi que ce soit, n'hésitez pas. Vous êtes parente avec Monsieur Stein ?
– Une amie.
– On ne le voit plus beaucoup ici. Avant l'attentat, il venait souvent avec sa femme. Mais depuis qu'elle a perdu la vie dans les tours, il n'a plus mis les pieds ici. Remarque, je comprends... Ce lieu est plein de souvenirs qu'ils ont partagés.
– Vous vivez ici ?
– Mes parents ont la villa... J'y viens depuis que je suis né. Alma était une amie, on sortait de la même université, ça rapproche. »

Me vient l'intuition que la photo d'Alma devant son campus vue chez Stein a sûrement été prise par ce type. Avaient-ils eu une histoire ensemble ? Il a dans les yeux un mélange de regret et de peine.

Il repart, me laissant un papier griffonné avec quelques numéros utiles. J'aperçois du papier dans un tiroir de desserte. Serais-je capable de me remettre à écrire des chansons ?

Je vais le lendemain au bureau de poste et télégramme à la cuisinière de mon père « Prière d'envoyer ma guitare à cette adresse, ci-joint de quoi payer l'envoi. Merci. »

Deux semaines plus tard, elle est entre mes mains. J'oublie qu'elle a servi à une trahison, je branche son cordon, son cri métallique déchire le silence. Recherche d'un premier refrain. Mon âme traverse le temps, capte les moments de vie, les transforme en paroles, je ne dors plus, manger devient accessoire. Au fil des jours, des morceaux se structurent ; il y a bientôt assez pour faire une maquette que j'envoie au producteur. Elle est artisanale, il y a en moi cette fatalité – rien à perdre ! Quand je vois le paquet entourant la maquette jetée sur la pile des envois postaux, c'est un soulagement. Je vais pouvoir passer à autre chose.

John revient un matin des croissants à la main. « J'ai eu beaucoup de mal à les trouver. Je sais que les Français en raffolent. »

Il s'assied dans la cuisine pendant que je lance le café.
« Vous connaissiez bien Alma ?
– Oui... La veille de l'attentat, on avait échangé des messages pour programmer le week-end avec son mari, ma fiancée de l'époque et des amis. C'était une fille intelligente, le genre de personnes qui ont un don pour le bonheur.
– Ça vous attriste de revenir dans cette maison, peut-être ?
– Je suis content qu'elle reprenne vie. Alma aimait cette maison, elle l'avait décorée à son goût... Comment va Monsieur Stein ?
– Je crois que ça va. Vous ne l'avez pas revu depuis les événements ?
– Non... Au début, j'ai voulu lui manifester du soutien. J'ai peut-être été maladroit. Vous savez comment on est dans ces situations ? Ou on n'en fait pas assez, ou on en fait trop... et on tombe de toute façon à côté ; je crois qu'il avait juste envie de faire son deuil seul. C'est à ce moment-là qu'il est devenu pianiste de renommée internationale, il a dû se noyer dans la seule chose qu'il maîtrisait de sa vie, son piano. »

Je le regarde s'éloigner ; il se retourne comme pour être sûr d'imprimer les détails que sa mémoire fait remonter.

Quand j'appelle en France, la cuisinière m'avertit qu'un télégramme est arrivé. Le père de Natsuo est gravement malade, Natsuo nous est confié. Je plierai bagage en fin de semaine pour l'accueillir.

La nuit, je vois, en rêve, Alma dans son bureau du World Trade Center juste avant que l'avion percute la tour. Je la vois composer le numéro d'une amie au téléphone, je l'entends parler, rire aux éclats, puis raccrocher et noter un mot dans son agenda : « déjeuner avec Sally 13H. » Dans mon sommeil, je ressens une tristesse insondable face à Alma, son insouciance, sa jeunesse, je voudrais lui dire qu'elle doit fuir immédiatement mais je ne peux pas.

Réveil brusque, yeux grands ouverts sur un monde aux antipodes de celui que je viens de quitter : l'armoire, le parquet, la baie qui donne sur la mer.

Je me lève, ouvre la fenêtre et marche sur la terrasse. Je prends le temps de réaligner mes pensées. Les questions se bousculent dans ma tête : comment moi, Nin, ai-je pu tuer quelqu'un ? Enlever une vie ?

Je transpire, mal à l'aise ; c'est comme si toutes ces années, je m'étais endormie pour me réveiller, aujourd'hui, et me voir telle que je suis, une criminelle.

J'ai privé Jeff de son nouveau bonheur par égoïsme, je voyais bien que notre histoire était finie mais je me suis obstinée. J'ai privé cette fille de sa jeunesse, de tout ce qu'elle allait vivre. Je me sens minable. Coupable.

Face à l'océan, je me mets à pleurer, je pleure tellement que j'ai peur que ça ne s'arrête jamais, les larmes sortent, bruyantes. Vais-je un jour me pardonner ?

Envie de parler avec quelqu'un, aller chez John, le voisin, en espérant qu'il est chez lui. Il ouvre la porte avec un large sourire. Je tente confusément de lui expliquer mon rêve.
À ma surprise, il n'est pas étonné.
« Ça arrive parfois d'avoir des rêves très réalistes, bouleversants.
– John, est-ce que vous accepteriez de m'héberger jusqu'à mon départ ? Pas envie de rester dans cette maison cette nuit.
– Pas de problème, allons chercher vos affaires ! »

Les jours suivants passent vite, j'apprécie de ne plus être seule. John s'avère être un moulin à paroles doublé d'un cocaïnomane mais je ne changerais ma place chez lui pour rien au monde. Lorsque j'aperçois sa silhouette bouger dans ce vaste espace, même s'il est défoncé, je me sens plus sereine qu'à côté. J'organise mon retour à Paris, pas mécontente de retrouver Natsuo et qui sait, peut-être mon père.

Je suis accueillie par mon neveu, seul, à l'aéroport de Paris. Il a grandi, c'est désormais un jeune homme. Il sourit, heureux de me retrouver.

« Mais tu es seul, qui t'a accueilli quand tu es arrivé de Tokyo ?
– La cuisinière est venue me chercher, il n'y avait personne à l'appartement. D'ailleurs, c'est bizarre, beaucoup de choses ont disparu, comme s'il y avait eu un déménagement.
– Un déménagement ? »

Inquiétude. Les tableaux ont-ils été volés ? Je ne veux pas lui communiquer mon tracas et lui demande des nouvelles de son père :

« Il se soigne, il est à l'hôpital.
– Tu vas rester avec moi un certain temps, alors ?
– Oui. Tu as des nouvelles de ma mère ?
– Elles datent de quinze jours. Ça va, elle s'est remise à écrire.
– Tu penses que nous pourrons lui rendre visite ?
– Elle dit que c'est trop dur pour elle, les visites. Elle m'a demandé de ne plus venir.
– Que dirais-tu qu'on y aille quand même ?

– Je ne crois pas que ce soit une bonne idée.
– On pourrait essayer. »

Je regarde son visage implorant ; impossible de refuser. « Entendu. Nous irons cette semaine. »

Arrivée à l'appartement. Les vides me frappent. Je passe dans chaque pièce ; étagères vides, plus de clavecin, un tsunami est passé par là ? Seules les chambres ont gardé un semblant d'âme.

D'instinct, je me précipite vers le bureau de mon père, pousse la porte recouverte de velours. Les chevalets sont vides ; au mur, simplement les clous, plus une toile. Incompréhensible. Paniquée, je me dirige vers le fond de l'appartement où se trouve la cuisinière. Elle me serre dans ses bras.
« Votre père a dû avoir de sérieux ennuis, les huissiers ont tout emmené, je n'ai rien pu faire. Même mes casseroles de cuivre, ils les ont prises.
– Vous savez où il est, mon père ? Si vous savez quelque chose, dites-le-moi, s'il vous plaît.
– Non je n'en sais rien ; la seule chose qui est sûre, c'est qu'il joue. La maison et le reste ne lui appartiennent plus ; ça fait longtemps qu'il joue et pas des petites sommes... À ce propos, avant qu'il parte, il m'avait demandé de vous donner ça, si rien n'allait plus. »

En me tendant une petite clé, elle finit :
« Je crois qu'en effet, rien ne va plus. Nous avons un délai d'une semaine pour quitter les lieux. Cette clé est celle d'un coffre à mon nom, votre père y a déposé de l'argent en cas de coup dur. Nous irons au coffre cet après-midi, je vous le remettrai. Si j'étais vous je chercherais du travail... d'autant que le petit est là, maintenant, il va falloir lui trouver une école.

– Je veux apprendre la cuisine.
– Quoi?
– Tu as très bien entendu... Je veux apprendre la cuisine!»

La cuisinière me lance un large sourire.
«Mais c'est une excellente idée, ça! Les heures passées dans ma cuisine t'ont donné la vocation?»

Je trouve l'idée inattendue, Natsuo n'en avait jamais parlé.
«Depuis quand as-tu cette envie?
– Mon père m'a fait suivre un cours de cuisine à Tokyo. Un restaurateur m'a remarqué pendant un concours, il m'a fait venir dans son restaurant et m'a beaucoup appris, j'aime ça; je sais que je veux en faire mon métier.
– Si c'est ce qui t'intéresse, je t'aiderai.»

Les jours qui suivent sont une course contre la montre pour trouver du travail, un nouveau lieu de vie. La somme laissée par mon père permet d'organiser les choses calmement. J'ai appelé Zanni, qui ne fait que me répéter la panade dans lequel mon père s'est mise. Il se propose de me faire travailler à la galerie Murano, je lui promets de réfléchir, je veux me débrouiller seule cette fois pour me prouver que je n'ai besoin de personne pour changer de cap.

Mon physique m'aide dans cette quête, je présente bien, je suis finalement embauchée dans une galerie du Marais. Je m'habitue vite à cet endroit où circule une faune interlope qui achète peu mais cher et critique à tout-va. J'intègre les biographies des artistes qui exposent, les toiles qu'ils ont réalisées, quel gros client aime quoi. Et ça paie; je vends.
J'ai trouvé un lieu de vie simple où Natsuo a sa chambre. C'est un deux-pièces à poutres apparentes, près de la place Saint-Paul, je peux aller à la galerie à pied.

L'essai de visite à Anna s'est soldé par un échec ; à la vue de son fils, elle a hurlé puis a quitté le parloir au bout de deux minutes. Nous sommes rentrés penauds sans envie de réitérer.

Je décide de prendre au sérieux la demande de Natsuo. À la galerie, j'en parle à un client qui connaît le milieu de la grande cuisine et qui y a ses entrées ; s'il ne peut accueillir Natsuo, il me donne le numéro de téléphone d'un ami à contacter de sa part, rendez-vous est pris pour la fin de semaine.

Nous y allons, Natsuo et moi ; je découvre un pan de la personnalité de mon neveu, si jeune et déjà très à l'aise ; il plaisante avec le chef et dit qu'il ne comptera pas ses heures, sésame imparable.

Je travaille maintenant depuis plusieurs mois à la galerie. J'aime cet emploi qui me permet d'être en contact avec un monde nouveau.

Natsuo a commencé dans le restaurant d'un grand hôtel. Il est heureux d'apprendre et teste sur moi les nouvelles recettes. Il se charge du marché et prend un plaisir certain à choisir les produits. « Tu me rappelles ton arrière-grand-mère, la Nonna. » Je lui raconte ce moment où j'ai fait les courses avec elle à Castello ; cette lumière dans ses yeux lorsqu'elle choisissait les poissons...

Un soir, je trouve une enveloppe de suivi de courrier... Je l'ouvre et trouve deux lettres ; l'une d'une grande maison de

disques et l'autre manuscrite, je crois reconnaître l'écriture de mon père. J'ouvre :
« Ma chérie,
Désolé des soucis que je t'ai causés ; la cuisinière m'apprend que vous avez quitté l'île, tu as pris un appartement dans le Marais et Natsuo apprend la cuisine. Heureux de ça. Je vais me refaire, et nous pourrons nous revoir sous un ciel plus clément. Ton père qui t'aime. »

Je tourne, retourne l'enveloppe, essayant de déceler d'où ça a bien pu être envoyé. Aucun cachet d'expédition. J'ouvre la seconde lettre :

« Mademoiselle,
Après écoute de votre maquette, nous souhaiterions vous rencontrer. Merci de prendre rendez-vous avec notre secrétariat. » Le numéro suit, en gras.

C'est cet après-midi que sort Anna. Elle a purgé ses quatre ans de prison. Elle ne sait rien de la déconfiture de notre père ; je l'ai tenue à l'écart, comme elle le souhaitait, du monde extérieur. Natsuo est avec moi devant cette porte de tôle ; dans quelques minutes, sa mère sortira, il ne l'a pas revue depuis longtemps... Il appréhende ; ses yeux cherchent autour un point d'accroche. Je saisis sa main. « Ne t'inquiète pas, tout va bien se passer. »

Je sais qu'il va devoir la réapprivoiser, réapprendre à fonctionner avec ses hauts, ses bas.

Nous passons le corridor de sécurité. Nous voilà face à Anna. Je la reconnais à peine. Ses yeux sont d'un gris limpide, son crâne est rasé. Elle est muette. Ses deux bras se lèvent et entourent le cou de Natsuo. On entend des borborygmes, Natsuo enfouit sa tête dans le cou de sa mère ; elle s'agrippe à son dos, les doigts crispés sur son pull de laine.

Cette étreinte, dont on est spectateurs de trop, le maton et moi, dure une longue minute. Puis Anna vient vers moi et dépose une caresse sur mon visage : « Merci d'avoir respecté la distance que je t'avais demandée ; je sais que ça a été dur pour toi. »

Elle se saisit d'un baluchon et d'une enveloppe énorme qu'elle me montre : « Mon manuscrit ! Fini. »

Nous allons déjeuner au restaurant dans lequel travaille Natsuo. Assises dans la cuisine, nous observons chacun de ses gestes coordonnés ; ses doigts courent d'un ustensile à l'autre, il tranche, huile, assaisonne. Dans une poêle, il dépose une viande sur laquelle il jette les aromates. Penché sur les fourneaux, il vérifie la cuisson, règle le feu, toute son énergie est tournée vers l'envie de partager son talent.

Anna découvre quelque chose de son fils qu'elle ignorait. Elle ne le quitte pas des yeux. Son nez anesthésié par la nourriture insipide de la prison réinvente des histoires avec ces nouveaux arômes.

Natsuo dispose délicatement les côtes de mouton sur les assiettes au milieu d'un trait de purée piquée de muscade. Chaque geste semble retenu par un fil invisible. Il recule légèrement, observe le résultat, essuie avec un torchon propre les quelques taches de graisse et sourit. « Allez-y ! »

Ce qui suit est inattendu, Anna explose dans un sanglot brutal. Natsuo passe sa main sur l'épaule de sa mère.
«Mange, fais-moi plaisir.
– Merci de t'être occupée de Natsuo, Nin.
– S'occuper de Natsuo n'est pas très compliqué.»

Je note qu'il ne nous demande pas si on aime sa cuisine, tant il est sûr du résultat. Le fait est qu'il est doué, une simple côte, un peu de purée, et il en fait un festival de saveurs. Je ferme les yeux et déguste.

Anna engloutit ; sur son visage, un sourire se dessine.
«Comment va notre père ? Qu'est devenu l'appartement de l'île ?
– Tu es au courant ? Je pensais que tu ne voulais rien savoir de dehors, alors je ne t'ai rien dit.
– Notre père m'a fait passer un mot pour me prévenir. Il m'a expliqué qu'il a eu des tracas financiers, il dit qu'il va se refaire. Il m'a aussi écrit que vous alliez bien. Je m'inquiète pour lui.
– Je n'ai pas de nouvelles. Moi aussi, ça m'inquiète. On ne sait même pas où il est. L'appartement de l'île n'est plus à lui... Je n'y suis pas retournée depuis qu'on a dû partir en urgence.
– On peut y passer ?»

Je mets un certain temps à répondre :
«Y passer pour quoi faire ? Ce n'est plus chez nous, Anna.
– Je sais. Mais j'ai besoin de revoir cet endroit, de revoir où j'ai vécu.
– Entendu.
– Et toi, où vis-tu, maintenant ?
– Dans un petit appartement du Marais. Je devrais rapidement prendre quelque chose de plus grand... Tu viens vivre avec nous le temps que tu t'organises.»

Elle me montre son manuscrit.
« Je dois publier ça. Demain, je contacte mon éditeur et vois comment obtenir une avance. Je ne sais ce que je vais faire, soit rester ici, soit... J'irais bien à Venise, mais... »

Elle regarde son fils de manière interrogative.
« Fais ce qui est mieux pour toi, Maman. Je me sens bien avec Nin, ne t'inquiète pas.
– OK, je verrai en fonction du rendez-vous avec l'éditeur... Et nos affaires ? Mes carnets d'écritures qui étaient en haut de l'armoire ; les toiles ?
– J'ai récupéré tes carnets. Tout t'attend dans des cartons à ton nom dans ma cave. Pour les toiles, tout est sous contrôle judiciaire ; je ne peux plus m'en occuper, leur vente sert à rembourser ses dettes.
– Ça va le tuer ! Son job, c'est toute sa vie.
– Je ne sais pas, Anna, je ne sais pas quoi faire pour l'aider. »

Le soleil se reflète sur les vitres des appartements, le saule pleureur jette dans la Seine sa tignasse verte. Sur le béton, un accordéoniste joue sur un rythme entraînant qui stoppe les promeneurs. Certains jettent des pièces dans sa vieille casquette, d'autres lui tournent le dos pour observer le fleuve. Près du café, une file de gens attend que le glacier les serve. Nous empruntons l'unique rue qui partage l'île en deux et laissons le soleil penaud derrière nous ; vitrines de pierres du monde entier, épicerie, marchand de Venise, vendeur de soieries ; ils sont toujours là, ces petits lieux de vies qui sont à eux tous seuls des mondes dans le monde. Arrivée à notre ancienne adresse. Dans ma main, celle d'Anna, fine comme celle d'une enfant, elle serre brutalement les contours de mes doigts ; Natsuo marche silencieux, il me lance de temps à autre un regard complice.

Autour de la grande porte, le boucher, son étal de barbaque qui attend le client. À droite, sur le trottoir, des fleurs en cargaison dont les couleurs semblent nous faire la fête. Un clac tranche le silence, nous entrons tous trois dans la cour.

Face à nous, le paon de pierre avec sa fierté immuable. Nous posons nos céans sur l'escalier; ma sœur ne quitte plus des yeux les fenêtres. Derrière, plus de bibliothèque, pas de chat blanc, plus de lustre. C'est une sorte de loft, un lieu qui ne ressemble en rien à ce que nous avons connu. Une vieille femme passe dans la cour en boitant. Ma sœur se lève d'un bond.
«Excusez-moi... vous savez qui vit là-haut?
– Là?... Une dame qui travaille dans la mode, je crois.»

Au même moment, derrière une fenêtre, passe une figure hiératique toute vêtue de blanc. Elle marche tête haute, reine de ces lieux. Elle est chez elle. Nous sommes des étrangers. L'expression la plus imagée de la chute de notre père.

«Au moins, l'île sera toujours à nous! Elle, personne ne nous la prendra!» Natsuo se met entre nous et passe ses bras autour de nos épaules, nous poussons jusqu'à mon appartement.

Stein fait sauter son index sur un disque de Lockwood.
«Donc, tu me rends les clés?
– Oui, dommage, cette maison était vraiment sublime. Mais je ne me sens plus d'y aller. J'y ai rêvé d'Alma, ça m'a chamboulée.»
Les yeux de Stein rougissent.
«Pardon. Je ne voulais pas te replonger dans ces souvenirs.
– Non, je comprends, j'en ai fait moi aussi, des rêves...»
Il attrape les clés, les range dans sa poche.
«Je vais la vendre, cette maison.

– Parfois, se séparer des objets fait du bien... Cette maison n'est qu'un objet, un gros mais seulement un objet. »

Il se tait et regarde le mouvement des arbres à travers la fenêtre.
« Il n'y a pas un jour où je ne maudis la vie de nous avoir infligé ça. C'est tellement injuste. Nous avions des projets. Elle était si jeune. Longtemps, je me suis dit que ça a tenu à quelques minutes. Si elle était partie une demi-heure plus tard, si je l'avais retenue ce matin-là au lieu de la laisser partir, elle ne serait pas montée dans la tour.
– Tu ne pouvais pas savoir. »
Silence.

« Désolée de te faire repenser à ça.
– Je n'ai pas besoin de toi pour y penser, tu sais. L'humour a été mon rempart contre la dépression, mais j'y pense souvent. »

Nous marchons côte à côte dans les rues de Paris, ses blagues reviennent émailler nos partages.
« Comment marche le disque avec les chansons écrites dans les Hamptons ?
– Bien, très bien même, les droits d'auteur vont me permettre de chercher un autre appartement. J'hésite à lâcher la galerie ; j'aime ça, être en contact avec les artistes, vendre des tableaux aux clients.
– Eh bien continue, qu'est-ce qui t'en empêche ?
– Rien, tu as raison.
– Tu vois, elle n'avait pas que du mauvais, cette bicoque sur la mer, tu as pu y créer et réussir. »

Il explose de rire en me retendant les clés. Je ne les prends pas mais lui promets que je vais revenir dès que possible lui rendre visite à New York.

«Ta sœur est sortie d'affaire?
– Elle est sortie et vit à Venise chez un ami de la famille ; elle a voulu prendre de la distance après la parution de son livre autobiographique ; je crois qu'elle saturait des interviews qui la plongeaient sans cesse dans les souvenirs de prison.»

Nous arrivons à la galerie ; il tient à voir l'endroit où je travaille. De la rue, nous observons les mouvements des gens, l'expression de leurs visages dans ce lieu où tout est à un rythme différent : pas ralentis, voix étouffées, état émotionnel décuplé. Sur les murs, les couleurs giclent sur les tableaux : orange, vert, bleu électrique. Au milieu, un monochrome de Klein.

Sam se penche vers moi : «Au fond, ce n'est pas si éloigné de la musique. Pourquoi faudrait-il absolument avoir une spécialité? Être chanteuse ou galeriste? C'est très français, ça, spécialiser les gens. En France, dès que tu es artiste dans une catégorie, si tu as le malheur d'en sortir pour te diversifier, on te regarde d'un air suspect, on attend que tu te plantes. C'est une des raisons pour lesquelles je suis allé m'installer aux États-Unis, là-bas, on te fiche une paix royale, t'es libre d'être ce que tu veux.»

Paris. Je la regarde faire la moue. Elle est fidèle à l'idée que je m'en faisais quand nous l'avions aperçue à sa fenêtre tout en blanc. Sa silhouette, toujours immaculée, se détache d'une immense affiche du film *Prêt-à-Porter* d'Altman.

Elle met un temps à prendre la parole.

« Quand j'ai racheté cet appartement, ça a été un coup de cœur ; il est parfait : au centre de Paris, idéal pour les rendez-vous, la Seine sous les pieds ou presque, la cour a de l'allure, pour les réceptions, c'est...
– Combien ? Combien vous en voulez ? »

Elle m'annonce un chiffre exorbitant mais comme les grands orgueilleux, elle fait mine de s'en moquer. « Entendu. » Je ne rentre pas dans une négociation que je sais perdue d'avance, elle ne veut pas vendre et je veux récupérer l'appartement. C'est une folie, mais j'ai confiance en moi, cela me poussera à créer, vendre plus à la galerie, peut-être un jour, qui sait, ouvrir la mienne.

Elle se lève, se dirige vers un meuble bas, en sort deux petits verres et une bouteille. Elle nous sert, me tend un verre, prend le sien et de sa voix perçante crie Cul sec !

Au bout de deux verres, je distingue à peine ce qu'elle raconte. Ses mains font un moulinet dans les airs, elle cause de l'univers de la mode, des tendances de l'an prochain.

Au moment où je m'y attends le moins, sa main glisse sur le contour de mon sein gauche, je fais un bond en arrière.
« Excusez-moi, je crois que nous faisons fausse route.
– Vous êtes très jolie, vous avez déjà pensé à la mode ? »

Elle ne paraît pas le moins du monde gênée.
« Non. Pas pensé. Je ne pense pas que ça m'intéresserait. » Elle se rapproche à nouveau, ondule comme un serpent et recommence son manège de la main baladeuse ; je me lève brusquement.
« Ça suffit ! J'achète l'appartement, ça s'arrête là.
– Ne réagissez pas comme ça, laissez-vous aller...

– Non, sans façon. Je n'ai rien contre vous, mais pour moi, se laisser aller, c'est avec un homme. »
La diva est contrariée, je lui ai résisté. Apparemment, dans sa vie, peu osent lui dire non. Du bruit nous tire de cette situation embarrassante ; chute de clés sur le parquet de l'entrée, « merde ! » puis des pas qui claquent ; dans l'embrasure, apparaît un homme d'une quarantaine d'années, très brun, des cheveux ondulés encadrent son visage parsemé d'une barbe de trois jours.

Je maudis intérieurement la diva qui m'a soûlée, espérant que ça ne se voit pas. « Mon frère, Jean ; Jean, Mademoiselle Sontag. » Il me regarde à peine et jette un œil horrifié sur la bouteille.
« Garance, tu n'es pas à la vodka à 11 heures ! Ton cardio l'a interdit, tu avais promis de faire un effort.
– Jean, tu m'ennuies, tu me sermonnes comme si j'étais ta petite sœur, mais j'ai douze ans de plus que toi, chéri, alors, s'il te plaît épargne-moi ton couplet ! »

Je me lève difficilement et essaie d'agripper les papiers restés sur la table. « Je vais vous laisser, on se retrouve dans deux mois chez le notaire. »

Je serre les mains des deux et me dirige vers le vestibule.
En claquant la porte, j'entends un galop derrière moi. La porte se rouvre.
« Mademoiselle, vous partez ? J'espère que ce n'est pas moi qui vous fais fuir, j'ai été un peu sec, excusez-moi. Ma sœur me dit que vous êtes la future propriétaire, content pour vous, c'est un bel appartement.
– Il était à mon père avant. »

Je le regarde. Ma gorge se serre. Qu'il est beau ! Une beauté insolente. Il dégage une odeur de tabac anglais et de cuir,

envie de glisser ma tête dans son cou pour aller me piquer la peau sur sa barbe.
«Que diriez-vous qu'on se revoie?
– Oui.»

Il saisit son téléphone: «Vous avez un numéro, que je l'enregistre?» J'énumère sans réfléchir les dix chiffres en ne quittant pas des yeux ses boucles noires, j'imagine que je les saisis à pleines mains. Surprend-il la course de mes pensées, le voilà qui sourit. Désir violent; je sens son souffle chaud finir sur ma tempe quand il se penche doucement pour m'embrasser. «À bientôt.»

En descendant l'escalier, je m'accroche à la rampe; mon corps et mon esprit sont sens dessus dessous. Plus eu de telles sensations depuis longtemps. Envie de remonter, sonner, le revoir maintenant. Être attirée m'a manqué. En marchant dehors j'invente l'autre dans toutes les situations qui me le feront aimer.

Mon téléphone bipe dans le creux de ma poche: «Demain soir, 20 heures à la brasserie au bout de l'île?» Je confirme et remets le téléphone dans la poche de ma veste, assaillie par mille questions, qui cet homme va rencontrer demain, Nin ou une autre fille qui lui racontera un seul morceau de sa vie parce qu'elle sait que si elle dit tout, il prendra la fuite? Si la blonde que je suis aujourd'hui se transformait en l'ancienne Nin, brune et presque maigre, m'aurait-il embrassée?

Natsuo finit de préparer le repas quand je le rejoins; il me raconte sa journée au restaurant, le tempérament colérique du chef. Je l'écoute en regardant le contraste entre sa peau légèrement jaune et le riz blanc.

«Tu as l'air différente ce soir, comme si ton esprit était ailleurs.
– Fin observateur.
– Il t'est arrivé quelque chose.
– J'ai rencontré quelqu'un.
– Un homme qui te plaît?
– Eh bien disons que j'ai envie de le connaître. Je le vois demain.
– Super!
– J'ai peur de me dévoiler, je ne pourrai jamais être moi avec quelqu'un. Personne n'a envie d'avoir une histoire avec quelqu'un qui a mon passé.
– Tu te poses trop de questions, moi, je serais toi, j'irais cool à ce rendez-vous.
– Oui, tu as raison.
– Tu vas y aller comment?
– Une robe, non?
– Robe noire, escarpins, et cheveux un peu lâches, retenus par un foulard.
– Tu t'intéresses à la mode, toi?
– Je vois défiler au restaurant toutes sortes de clientes très habillées.
– Ok, je vais suivre ton conseil.»

Il est assis au fond de la brasserie devant un verre, il lit le journal. J'avance lentement histoire d'apprécier la sensation d'encore si peu le connaître, de pouvoir tout imaginer. Je m'assieds, dépose sur la table mes gants de cuir. Il plie son journal, ouvre sur moi ses grands yeux noirs.
«Ah, je lisais en attendant. Il est sympa, ce café, non?
– Oui, très.»

Je ne lui dis pas que j'y ai le souvenir ému de la dernière fois que j'ai vu mon père. Il me demande ce que je fais dans la vie, je lui parle de la galerie, de ma passion pour la musique. Lui et moi sommes seuls au monde. Il me raconte son enfance dont je comprends qu'elle fut difficile.
« Je me souviens du grand appartement, avenue Mandel ; nous y vivions tous les quatre, mes parents, ma sœur, moi. En fait, nous y étions toujours plus, mes parents étaient mondains, ils fréquentaient n'importe quoi du moment que ça permettait à mon père de faire de l'argent. Dans le gratin que mon père côtoyait, il y avait son ennemi notoire, Gravuls, c'était un gros bonhomme imbu de lui, il avait fait fortune en expropriant des familles et revendant les terres à prix d'or. Gravuls, mon père l'invitait et lorsqu'il quittait la soirée, on l'entendait cracher son venin pendant deux jours, il le haïssait, on n'en savait pas exactement la cause, et pourtant il avait besoin de l'avoir près de lui, peut-être tout simplement pour mesurer l'abject du bonhomme et se rassurer que lui n'était pas le plus pourri.
– Et votre mère ?
– Je crois bien que je n'ai aucun souvenir d'un moment où j'ai été seul avec elle, je veux dire sans nurse, ou sans ses fameuses amies. S'occuper d'un enfant l'ennuyait.
Ma sœur a plus mal vécu tout ça, les voyages incessants de nos parents l'ont marquée. Elle attendait à chaque fois leur retour tandis que moi, j'avais intégré qu'attendre était de l'énergie perdue. Dès treize ans, elle s'est mise à sortir comme une fille de dix-huit, qui aurait été là pour la freiner ? Moi ? Elle ne m'écoutait pas. »

Il m'explique que tôt, il a demandé à partir en internat.
« Pour moi, c'était une question de survie, m'éloigner pour ne pas sombrer avec ma sœur. Je me suis jeté dans les études ; j'ai eu des profs inspirants, des amitiés solides. Dans les familles des amis, j'ai trouvé l'accueil, les conseils qui me

manquaient; ça m'a aidé à me structurer, à ce que je tienne droit dans mes bottes. Aujourd'hui, je ne tiens pas rigueur à mes parents de ce qu'ils ont toujours été et seront toujours incapables de me donner. Mais je m'en veux d'avoir laissé Garance derrière moi quand je suis parti.
– Ta sœur?
– Oui. Je m'en veux qu'elle se soit adonnée à tant d'excès. J'aurais dû plus souvent rentrer, être plus présent; travailler pour sa maison de couture est une manière de me rattraper, je veille sur elle maintenant.»

Je sens un frisson me parcourir. «Rassure-toi, je sais tenir mon travail à distance; la vie personnelle est importante, je veille à la préserver.»

Ce garçon est différent de ceux qui m'attiraient avant, des hommes bruts de fonderie, qui pouvaient me malmener. Même son prénom est doux, Jean, ça me plaît. Nous finissons nos verres les yeux collés aux baies. La nuit a englouti les couleurs; des éclairages aux vitres se reflètent dans la Seine, le saule pleureur s'est drapé d'ombres parsemées d'étincelles, les passants plus rares vont souvent par deux; sous les réverbères, leurs ombres s'allongent puis fondent sous la lumière.

Puis nos têtes pivotent, nos regards se dévorent... Nous nous rapprochons lentement. La tête de Jean bouge au ralenti; je sens s'ouvrir ma bouche; je ne contrôle plus rien, nos langues se rencontrent, se caressent, je goûte son haleine fruitée; mon nez est un jardin où jaillissent les odeurs: le tabac, le cuir, le musc. La tête me tourne comme après un manège. «Je veux te revoir.»

Il m'embrasse à nouveau, différemment; de manière impérieuse; je sens en moi se rompre les barrages, mon cœur inhabité ouvre ses portes, ses fenêtres. Sa main saisit mon bras, la table entre nous est de trop ; à travers la muraille des vêtements, nos épidermes s'aimantent ; ses doigts caressent mes cheveux, nous sommes un, nous vibrons.

Un hululement perturbe l'alchimie. Il prend de la distance, fouille dans sa poche, sort son téléphone. Ouverture du clapet : « Excuse-moi ! » Puis il se penche vers la banquette, je l'entends murmurer : « Allô ? Non... Je ne peux pas. Plus tard. Au revoir. »

Il rabat lentement le clapet du téléphone et le range. Son regard se colle sur les vitres. Loin. Très loin. Là où je ne suis plus. Il est probablement marié ou en couple, à quoi pouvais-je m'attendre, un type beau comme lui, la quarantaine ?

J'ai beau me dire à l'instant de lâcher l'affaire, mes actes ne suivent pas ma pensée, je lui souris, comme un accord implicite entre nous, rien ne sera évoqué de l'interruption téléphonique.

Il continue de fixer au dehors, son index caressant le contour de son verre, je remarque qu'une veine palpite dans son cou. Au bout de quelques secondes, sa tête repivote, ses yeux m'absorbent ; sa main passe autour de ma tête, attrape mes cheveux, pousse mon visage vers le sien, ce geste m'étonne, décuplant mon désir, s'ensuit un baiser fougueux. La vague m'emporte, dilue l'autour.

« On y va ? » Je me lève, enfile ma gabardine. Il me suit. Accrochés l'un à l'autre par des fils invisibles. Impression que ses gestes sont un prolongement des miens. Étonnée que je le connaisse depuis si peu de temps et que cela me fasse déjà ça.

Dans la nuit noire. Nous marchons collés, sa main frôle la mienne, décharge électrique, puis des frissons dans tout le corps. Magique, cette sensation qu'il me veut, que je pourrais aller avec lui au bout du monde, là, à l'instant. «Tu as quelqu'un ?»

Cette question, c'est lui qui la pose. Il poursuit :
«Je sais, j'aurais dû te demander avant, mais j'avais envie de te connaître, quelle que soit ta vie. Toi non plus, d'ailleurs, tu ne m'as pas demandé.
– Je n'ai personne.»

Silence.
«Et toi ?
– Moi, c'est compliqué. Je suis encore marié mais ça ne marche plus. On a chacun nos vies de notre côté. Nous ne sommes plus heureux.»
Il serre mes doigts entre les siens en les caressant doucement.
«Quand ?
– Demain soir ?
– Demain soir.»

Au matin du 28 octobre 2001.

« Nin,
J'ai des nouvelles de ton père, son état est préoccupant. Il est à Venise, un de mes employés l'a trouvé ivre sur un banc près de la lagune. Depuis, malgré des tentatives pour le sortir de là, il est dans la rue. Ses démarches pour se refaire ont été un fiasco ; il a plongé. Désolé de t'apprendre ça. Si tu pouvais venir avec moi pour le raisonner, peut-être acceptera-il de se soigner.
Je t'attends, fais vite.
Zanni »

Je relis la lettre plusieurs fois. Mon père, cet homme que je me représentais costaud, fier, est clochard.

Je préviens Natsuo que je vais devoir aller à Venise et m'entends avec la galerie pour qu'ils me remplacent. Tout ça tombe mal avec la rencontre de Jean. Quand je le préviens qu'il faudra reporter notre rencontre, sa voix est posée : « On se voit à ton retour. »

À l'arrivée, je suis frappée par Zanni, il semble avoir pris quinze ans. Je m'installe dans la chambre de l'étage, commencent les recherches pour isoler l'endroit où se trouve mon père. Dans la soirée, nous partons dans Venise.

Au milieu d'une cour, sous un arbre éclairé par des lampions, le banc. Frappés d'abord par l'odeur insoutenable de crasse et de vin. Zanni me tend un mouchoir que je plaque sur mon nez, j'avance et contemple la nippe tachée, le chapeau usé, les chaussures cabossées et boueuses. Obligée de m'approcher encore pour discerner sous le chapeau le visage décharné, les cheveux gras de mon père. Si maigre que le tissu l'aspire, sa main se termine par des doigts et des ongles noirs, elle agrippe une bouteille vide. J'observe les doigts qui bougent légèrement, il est encore vivant.

« Papa ! Tu me reconnais ? » En guise de réponse, un borborygme. Ses yeux vitreux passent sur moi sans qu'il me remette.
« C'est Nin, ta fille. Tu viens avec nous. Zanni et moi on va te ramener, tu ne peux pas rester là.
– Espèce de poufiasse ! Va te faire... »

Il hurle quand je tente de tirer la bouteille. « Zanni, tu peux appeler du renfort ? Tout seuls on va pas y arriver, là. »

Rapidement, arrivent trois hommes qui empoignent péniblement mon père, nous voilà partis.
Arrivés, Zanni le déshabille, le porte sous la douche, il lui parle comme un père parlerait à son fils, comme il avait dû le lui faire des années auparavant quand il l'avait vu dévisser à son arrivée en Italie.

Lorsqu'il sort de la salle de bains, mon père est propre mais titube tellement qu'il faut être deux pour le soutenir.
Jetées, ses hardes puantes. La maison empeste encore le mélange de vin et de crasse, ça me donne la nausée, ça fait remonter dans ma cervelle le souvenir du bonhomme de ma mère quand il fichait ses sales pattes sur moi. C'était la même odeur. L'odeur de la charogne.

Éviter de penser. Je sors pour respirer.
«Il faut le médicaliser. Demain, si tu es d'accord, j'appelle une clinique.
– Oui, fais ce qui te semble le mieux. Je paierai.
– Ne t'occupe pas de ça.
– Si Zanni, je vais prendre en charge.
– Laisse. Je veux régler. Tout ce que je peux te dire c'est que c'est juste.
– Tu veux que je reste pour m'en occuper?
– Non, tu as ton métier, je lui rendrai visite, la clinique n'est pas loin.
– J'ai racheté l'appartement de l'île. Tu lui diras quand il ira mieux?
– Il pourra s'y reposer après.
– Tu sais, j'ai rencontré quelqu'un. Enfin, c'est le début, on verra...
– Je suis content pour toi. Tu as besoin que quelqu'un prenne soin de toi.»

Je rentre à Paris sachant mon père entre de bonnes mains ; Zanni l'a placé dans une clinique, il va y rester quelques mois. Les médecins sont rassurants mais ils ont insisté sur la vigilance : « Quand on est abstinent, le risque de replonger rôde toute la vie. »

Le temps de la signature de l'achat de l'appartement arrive. Je n'ai pas revu Jean depuis Venise, les événements avec mon père ayant capté toute mon énergie. Ses messages m'assurent qu'il ne m'a pas oubliée.

Lorsque j'arrive à l'office notarial, j'aperçois Garance visiblement chargée, elle tangue et se retient à un obèse aux joues rouges, son notaire sûrement. Déception. Je m'attendais à retrouver Jean avec sa sœur. L'affaire est vite réglée, une heure dix. Je serre les clés dans ma main. L'appartement est à moi. Mon père va rentrer chez lui après la cure.

Je sors de l'office. Jean. Long, fin, dans son manteau noir. Nous nous approchons l'un de l'autre, il se penche vers mon oreille : « Je suis libre ! » Paris s'offre à nous comme un premier jour, nous reprenons où nous en étions restés.

Traversée du Marais, place Saint-Paul, il s'arrête parfois pour me serrer dans ses bras, m'embrasser, puis on repart. J'ai déjà perdu la tête plusieurs fois avec un homme, avec ce salaud de Jeff par exemple ; mais là, c'est différent, il y a quelque chose en plus ; il est aussi impliqué que moi dans notre histoire. Si je suis franche avec moi-même, ça n'a pas été souvent le cas.

Jean me veut. Il ne me veut pas seulement pour une partie de sexe mais pour me connaître. Je le ressens. Je le vois.
Avant, je me mentais. Pour Jeff, je me mentais. Je voulais me faire croire qu'il était investi, mais il suivait. Pas sûr, au fond, que si j'avais été plus distante, il se serait accroché.

Arrivée à l'appartement. Je sors les clés, hésitante. Je revois mon arrivée, il y a des années. Mon père et moi ne nous étions pas revus. Je ne connaissais pas l'existence d'Anna. Je me souviens ma hâte de monter, la peur de trouver une porte qui se ferme pour toujours.
«Tu hésites?
– Non, des souvenirs me reviennent.
– Bons, ces souvenirs?
– Oui, de ceux qui changent une vie!»

J'ouvre la porte. Vaste, vide. Sous nos pas, le parquet craque. Je me déchausse machinalement, passe de pièce en pièce, besoin de retrouver les coins familiers de l'espace.

Jean reste au milieu de ce qui fut le salon. Je le rejoins. Il défait son manteau, ses chaussures, puis sa chemise, son pantalon; je retire à mon tours ma gabardine, ma robe, il m'attire contre lui, ses mains m'effleurent. Il dégrafe mon soutien-gorge, fait glisser ma culotte en se baissant pour accompagner le mouvement. Délicatesse. Il se relève, ôte ce qui lui reste de tissu, nous glissons au sol. L'un contre l'autre. Sa peau parle à la mienne un langage que seuls nos corps comprennent, je sens le désir monter très lentement, j'ai le temps de le sentir augmenter et je sens aussi qu'il va monter plus haut car il a le temps...

Jean me fait un amour doux orné de caresses et de mots, de mots tendres, parfois de mots crus, il me demande «Ça te plaît ? », et je réponds « Oui, encore ! » alors, il recommence, sa bouche, ses mains, son sexe me visitant avec tendresse.

Nous nous laissons tomber dans le sommeil. Les rayons du soleil hivernal à travers les vitres mordent notre peau. Ne rien bouger de nos corps allongés en cuillère, laisser cette proximité nous bouleverser, nous étonner par sa soudaine force.

Quand je me réveille, il fait nuit, je sens dans mon dos la respiration de Jean, le mouvement de son corps entraîne le mien, une vague m'emporte, je m'abandonne, le voici au-dessus de moi.

L'installation est rapide. Un décorateur donne à l'espace une apparence proche de celle qu'il y avait avant. Natsuo récupère l'ancienne chambre d'Anna ; la pièce de mon père n'attend que son retour ; quant à moi, je suis revenue au même endroit, cela me convient très bien. J'ai fait livrer des ouvrages pour que les bibliothèques se remplissent, des bougies mettent un parfum fleuri et boisé.

Mon travail à la galerie m'accapare. Le soir, à mon retour, m'attend l'assiette préparée par Natsuo, il teste sur moi des saveurs nouvelles, sa créativité est sans borne. Ce soir est particulier : Jean vient dîner. Appréhension quant à ce premier contact. Natsuo et moi sommes devenus très proches. Ça m'ennuierait qu'ils ne s'entendent pas.

Peu après 20 heures, Jean sonne, un bouquet à la main. Natsuo ouvre. Les deux se scrutent en chien de faïence,

Natsuo lance un bonjour glacial et disparaît derrière les fourneaux. Je n'avais pas anticipé qu'il pouvait être exclusif. Je ne lui en veux pas, il n'a plus sa mère près de lui, son père est mal en point, son grand-père envolé, je suis sa seule famille présente.

À la tournure que prend le dîner, je mesure l'attachement que mon neveu a pour moi. De part et d'autre, deux coqs se livrent bataille, c'est à celui qui retiendra le plus mon attention. Quand Natsuo est dans la cuisine, Jean se tourne vers moi : « Il est jaloux, non ? Il a peur que je t'enlève ? »

Il a fallu du temps à ces deux-là pour s'apprivoiser, je me demande encore comment la magie a opéré mais ils arrivent à se côtoyer, s'estimer, et même à plaisanter ensemble.

Mon premier disque en solo marche bien ; le producteur me fait des appels du pied pour en produire un autre ; l'arrivée d'un homme dans ma vie me donne envie de composer. Je me rends dans un studio de l'autre côté de Paris, où m'attend une ambiance chaleureuse.

Les jours passent. Je deviens un peu plus, près de Jean, celle que je suis exactement. Je lui raconte mon enfance, ma mère, mon père sur le départ, l'homme qu'elle a aimé et qui m'a maltraitée. Je lui dis la vie seule, seule comme les pierres, et un jour, la fuite vers la liberté ; puis la vie de débrouille, la musique qui m'ouvre un nouvel horizon, le groupe qui s'arrête, la boutique de disques. Il m'écoute, m'habille de ma vie, de ses blancs et gris.

«Et après?
– Après, que raconter?»

Je continue l'histoire, la rencontre de Jeff, le fait que nous nous aimions et puis la déception. «Ça s'est mal terminé.» Je n'arrive pas à aller plus loin. Je ne mens pas. J'omets. Comment pourrais-je parler du champ des Gorse?

De toute façon, un jour il l'apprendra par un article de journal ou à la télé, qui sait? Je sais donc que je ne fais que retarder l'échéance, mais là, impossible de tout lâcher, de tout gâcher.

Compagnon d'une ancienne meurtrière, est-ce possible pour lui? Inévitablement, il s'interrogera sur les raisons qui m'ont poussée à tuer. Il se demandera si je risque de réitérer, j'aurais beau lui dire non, est-ce qu'il me croira? Quand bien même, il m'assurera qu'il me croit, n'y aura-t-il pas dans le coin de sa tête la peur, la peur de moi?
«À quoi penses-tu?
– À rien.»
N'est-ce pas le propre de tous les couples, les jardins secrets... J'ai lu que pour durer, un couple doit conserver ses jardins secrets.

Tôt, ce matin, il appelle. Dur de le reconnaître tant sa voix est éraillée.
«Nin? Je suis guéri, je suis sorti de la cure hier. Merci de ce que tu as fait. Zanni m'a dit pour l'appartement, pour les meubles que tu as pu récupérer.

– Tu rentres?
– Je serai là vendredi.»

Mon père pose sa main sur son secrétaire, il ouvre les tiroirs, puis se tourne pour me prendre dans ses bras. Il marche de pièce en pièce, retrouve ses objets.
«Comment tu as fait pour les récupérer?
– J'ai fait des recherches.
– Merci.»

Quelque chose de lui s'est enfui. Je ne saurais décrire quoi, peut-être l'élan vital ne jaillit pas dans sa voix ni dans ses yeux avec la même intensité. Il a maintenant peur des lendemains, une angoisse de manquer propre à ceux qui sont tombés; je connais bien cela.

Zanni m'a expliqué que beaucoup de ses amis se sont détournés. Pour la vente d'art, les parois de sa double existence ayant commencé à transpirer, certains acheteurs renâclent pour lui faire confiance. Le fait qu'il a disparu des radars n'arrange rien. Il semble pourtant décidé à reprendre les affaires. Son envie de ne plus dépendre de moi financièrement fournira le principal ingrédient de sa remontée.

Zanni peut repartir à Venise. Zanni, l'ami presque frère de mon père qui sait tout et ne dit rien. Il porte sur notre famille une aile protectrice, un va-et-vient bienveillant indéfectible.

Avant de présenter mon père à Jean, j'éprouve le besoin de clarifier certains points. J'avais au début de notre relation expliqué à Jean l'abandon de mon père, son départ pendant des années. Jean le perçoit donc comme une espèce de brute sans cœur et surtout il ne s'explique pas de quelle manière je peux avoir envie de l'aider.

Je lui explique que j'ai pardonné mais n'ai pas oublié. «Comment peux-tu lui pardonner de t'avoir laissée à deux ans et de ne jamais t'avoir donné signe de vie ensuite ?»

J'ai du mal à lui fournir une réponse qui se tient sans parler de ma cavale, de la solitude extrême dans laquelle j'étais, solitude qui a fait naître le désir de retrouver mon père. Que par la suite, il a été une aide majeure, que je lui dois, ainsi qu'à ma sœur, ma liberté. «C'est mon père, ça ne concerne que moi.» Jean acquiesce, je sens qu'il n'est pas convaincu.

Le déjeuner est calme, j'ai demandé à mon père de ne pas parler de mon passé ; Jean s'attendait à voir une brute, il se trouve déboussolé face à ce vieillard avant l'heure peinant à poser un regard optimiste sur la vie. Je crois bien que c'est à ce moment-là que je tombe vraiment amoureuse. En voyant Jean prendre le temps de parler à mon père, il s'attache à lui porter une oreille attentive tandis que tout ce qu'il dit est en décalage. La gentillesse qui m'a tant manqué, la voici. Et moi qui la prenais avant pour de la faiblesse !

Anna est à nouveau à la clinique. Une crise au retour d'Italie, si forte qu'elle ne se souvient plus de ses actes. Nous avions oublié combien c'est dur, chaque fois, de la savoir ainsi, cette peur de ne plus jamais la revoir calme. Elle veut en finir tant sa vie la déborde. Elle joue, sa vie, elle la tire par une corde, la prend, la malmène, et la rejette exsangue sur le bord de la route. Sa salope de vie guette patiemment qu'elle se relève sa marionnette, alors, elle lâche un peu de leste, qu'elle reprenne donc goût à la liberté ! Et elle redevient humaine, elle fait un projet, puis deux, alors là, salope de vie, d'un geste brusque resserre sa main de despote autour de la corde, tire pour que retombe sa marionnette. Toujours plus, ses couleurs se fendillent, son bois se craquelle, on met dessus un vernis de couleur, on masque, personne jamais ne la répare. Seul espoir fou, qu'un jour la corde casse.

Natsuo porte à sa mère son repas ; il ne peut pas la voir mais il sait qu'elle mange, ça le rassure. À le regarder vivre, je m'interroge s'il est protégé par une forme de distance face au drame, rien ne l'atteint vraiment. Jamais, je ne l'ai vu pleurer quand il était enfant. « Les Japonais ne montrent pas leurs émotions. »

Un soir, il m'annonce qu'il veut découvrir le monde.
« Je veux parfaire ma carte des saveurs, pour ça il faut que je voyage.
– Alors tu t'éloignes. »
Il me prend dans ses bras.
– Ou que je sois, tu es là. »
Il me montre sa tête.

Il est l'enfant que je n'ai jamais eu, peut-être suis-je un peu de la mère qu'il aimerait avoir, cela n'enlève en rien le lien qui l'unit à ma sœur, mais c'est ainsi. Nous avons en commun des creux, des vides, notre amour est profond. J'imagine sa chambre sans sa présence, sans ses mangas étalés sur le sol et son odeur de verveine. Je pense à la cuisine sans ses mains qui s'agitent au-dessus de l'évier, sans les fumets magiques qui sortaient de toutes parts. À l'appartement vide de lui quand je rentrerai. « Ne sois pas triste, il y aura grand-père. » Il me tend une carte : « En mon absence, il viendra cuisiner, je lui ai dit ce que tu préfères, comme ça, je te manquerai moins. »

Les jours qui suivent sont tristes ; je ne parviens plus à me concentrer, son départ me perturbe. Je ressens ce que doivent ressentir les mères quand l'oiseau quitte le nid, je tourne dans tous les sens sans me remettre sur pieds. « Et si tu proposais à Jean de venir ? »

Je regarde Natsuo, étonnée. « Propose-lui de s'installer ici. Grand-père n'est pas au mieux de sa forme, je serai rassuré de savoir Jean près de toi. » Les mois passent, Jean vient s'installer dans l'appartement.

Je commence à apprivoiser l'absence de Natsuo. Je supportais bien mieux ses allées et venues au Japon quand il était plus jeune, maintenant qu'il a été là en continu, nos échanges quotidiens renforçant notre connivence, dur de faire sans.

Jean comprend mon chagrin et ne laisse pas l'agenda respirer, il programme des soirées variées auquel mon père se joint parfois, rarement, car il fuit tout risque de retomber dans l'alcool.

Je rentre parfois dans son bureau pour le regarder travailler.
« Que s'est-il passé pour que tu dévisses, comme ça ?
– J'ai fait des erreurs. Un jour, j'ai joué plus que de raison avec des gens peu recommandables. Ma chance a tourné, j'ai tout perdu. Tout... Je me suis retrouvé sans rien.
– Mais j'étais là, tu aurais pu me demander de l'aide.
– Franchement, Nin.... Tu me vois demander de l'aide à ma fille ? J'ai en plus été un mauvais père, je sais très bien ce que je n'ai pas été pour toi, comment veux-tu que j'ose te demander de m'aider ? »

Silence.
« Comment voyais-tu la suite ?
– Je ne la voyais pas.
– Et Zanni, c'est pas ton fils, alors lui, pourquoi quand il t'a proposé de l'aide, tu n'as pas accepté ?
– Nin, tu n'as jamais ressenti cette sensation que la force de vivre t'abandonne, n'est-ce pas ? Je ne te le souhaite pas.
– Non, jamais, même dans les pires moments, il y avait une petite flamme !
– Moi, j'ai senti ça deux fois, quand je suis arrivé en Italie avec ta sœur sur les bras et la culpabilité énorme de t'avoir laissée. Et là, après avoir tout perdu... Tout, c'est pas seulement les biens matériels tu sais, c'est aussi le pouvoir. On me respectait dans mes affaires, j'étais craint. Là, je n'étais plus rien. Tous se détournaient de moi, j'étais devenu un paria, pire, je portais la pouasse. Trop dur à encaisser.

– Je peux comprendre ça.
– Tout ce que j'avais réussi à construire depuis des dizaines d'années, effondré. Plutôt que voir la pitié sur les têtes de ceux qui avant me mangeaient dans la main, valait mieux disparaître.
– Et l'alcool ?
– L'alcool, c'est une pute ; tu prends la première cuite, t'y reviens, etc., et tu paies. C'est mon ennemie depuis des années. Là, je ne m'en sortais plus, j'avais plus aucune lucidité. »

Je tremble en lui posant la question suivante:
« Tu tiens à la vie à nouveau ? » En guise de réponse, il se lève, traverse la pièce, pousse un fauteuil jonché de dossiers et en sort un paquet en kraft.
« Regarde... »

Il défait le papier avec soin, sur son visage passe une lumière intense, écho à l'émotion qui m'envahit : c'est un Renoir, deux femmes toutes en rondeurs, deux sœurs peut-être, leur ressemblance est frappante, d'elles émanent une douceur et une sensualité incroyables. « Mon acquéreur le récupère dans deux jours, on peut un peu en profiter. »

Mon père le pose sur un chevalet et dispose deux chaises devant. « J'avais oublié ça ... Ce plaisir de découvrir la beauté d'une œuvre... Trop précieux pour le gâcher. »

« Jean, il y a quelque chose dont je n'ai pas encore eu le courage de te parler... » Je m'exerce face au miroir mais le ton n'y est pas. Je ne peux pourtant plus reculer. Hier soir, nous avons parlé d'avenir, la question d'un enfant est venue, j'ai pris une inspiration mais les mots ne sont pas venus. Je suis au pied du mur, j'ai cru que ce bonheur pourrait être éternel, le grain de sable grippe le rouage, tout peut disparaître.

Nous sommes sur la terrasse. J'ai tant de fois répété ma tirade, elle me fait défaut à présent. Le garçon dépose les sorbets sur la table ; je plante ma cuillère dans la ganache et me lance :
« Je ne peux pas concevoir d'enfant.
– Quoi ?
– Je suis stérile, Jean. »
J'ai toujours répugné à dire « stérile ». Ce mot médical, froid, me rappelle le toubib à la clinique quand je l'ai appris.

« Tu es sûre ? Tu as fait tous les examens, c'est définitif, je veux dire ? » Que répondre ? Impossible de lui expliquer les raisons... Je sens que quelque chose se passe en lui. Il me regarde bouleversé, ses yeux s'ourlent de rouge. « Je vais marcher un peu seul, besoin de réfléchir. »

J'essaie de le retenir, ma main sur sa manche. « Reste avec moi, on en parle. » Il est déjà debout. « J'ai besoin de marcher un peu seul, Nin. » Il m'embrasse d'un baiser rapide et s'éloigne sans se retourner. Angoisse sourde, peur qu'il ne revienne pas.

Envie de hurler contre l'injustice de mon sort. Je quitte le café et marche vers l'appartement dans l'espoir qu'il s'y soit réfugié. Personne.

Les heures passent, la nuit, interminable, il ne rentre pas. Où est-il ? J'appelle Garance qui ne l'a pas vu. Ses amis non plus. Je suis partagée entre courir à sa recherche et me résigner, accepter qu'il ait besoin de se retrancher pour faire le point.

Le lendemain, impossible pour moi d'assurer les contingences quotidiennes ; la galerie fera sans moi ; j'annule même l'émission du soir pour le prochain album, je suis au fond du lit, plus d'appétit, tout me manque de lui, caresser ses cheveux, sentir sa peau, entendre résonner le timbre de sa voix... Et tout me le rappelle, l'oreiller déformé par sa tête, le livre qu'il dévorait sur le chevet, son chausson glissé sous le fauteuil. Peur qu'il ne soit plus jamais près de moi, pire, peur que tout ceci, il le revive avec une autre. Souffrance. « Cling ! »
Sur mon téléphone, un message :
« Besoin de réfléchir après la discussion d'hier.
Je t'embrasse.
Jean »

Les jours suivants, mort lente. Moi qui ai tant connu la solitude, voilà qu'elle m'oppresse. Privée de lui, je n'arrive à rien. Puis les larmes sortent en salves, je pleure tellement que mon père rentré d'une vente en Sologne s'assied près de moi, inquiet.
« Qu'est-ce qui t'arrive ?
– C'est Jean. Je lui ai dit pour... Pour mon problème... Que je ne peux pas avoir d'enfant.
– Que tu ne peux pas avoir d'enfant, c'est-à-dire ?
– Je suis stérile, papa.
– Ma chérie, je suis désolé. »

Silence.
« Il veut fonder une famille avec toi ?
– Je crois qu'il voulait, oui.
– C'est normal que la nouvelle lui ait mis un coup, non ? Il a besoin de décanter... Mais tout n'est pas perdu. S'il tient à toi, il va revenir. »

Silence.

«Il y a l'adoption.
Oui, j'y pense. Quoi qu'il arrive, j'adopterai.»

Silence.
«Arrête de te miner. Tu sais, c'est une difficulté que vous affrontez. Très bonne manière d'éprouver vos sentiments. Dans notre société, si on veut un enfant, il y a toujours moyen, il y a tellement de gosses laissés-pour-compte. S'il ne revenait pas, tu n'aurais pas de regret à avoir.
– Tu as des nouvelles d'Anna?
– Elle m'a dit qu'elle s'installe définitivement en Italie. Je voulais t'en parler, elle nous invite à lui rendre visite, qu'en dis-tu? J'en profiterai pour m'occuper des affaires de ta grand-mère; maintenant qu'elle est en maison de retraite, je dois mettre sa maison en vente.
– D'accord.»

En Italie, je découvre ma sœur métamorphosée. Blonde comme les blés, les cheveux longs, la peau bronzée ; elle est avec un homme beaucoup plus jeune qu'elle, très italien, très brun. On entend souvent son rire si particulier propre à ses phases d'euphorie. Elle nous fait visiter son nouveau chez elle, une maison de couleur ocre, très étroite, une pièce principale en bas et trois petites chambres sur deux étages.

J'aperçois dans sa chambre un bureau qui croule sous les livres, du papier griffonné ; elle réécrit, signe que son humeur est assez stable pour qu'elle se focalise sur un projet.

À table, le garçon avec elle l'embrasse langoureusement sans se soucier de nous ; elle paraît heureuse, avec le bémol qu'on ne sait si son bonheur est réel ou lié à son état maniaque.

Je la vois caresser son ventre... Anna est-elle enceinte ? Avec ce gars qui doit avoir quinze ans de moins qu'elle ? Je ne peux m'empêcher une colère intérieure. Comment a-t-elle pu faire ça ? Elle ne s'est jamais, absolument jamais occupée de son fils, et elle remet ça avec la maternité? Moi qui rêverais de pouvoir tomber enceinte et qui ne peux pas!

Je monte me coucher. Lorsque j'arrive dans ma chambre, mon téléphone bipe:
23h10 – «J'ai trouvé les volets fermés à l'appartement, où es-tu?»
23h11 – «En Italie, chez ma sœur.»
23h11 – «Je ne vois pas ma vie sans toi.»
23h12 – «J'avais peur que tu ne reviennes pas.»
23h14 – «Veux-tu devenir ma femme?»
23h14 – «Oui.»

Mon cœur bat si fort. Je pense à sa peau que je toucherai tous les jours, ses yeux sur moi la vie entière. Je n'aurais jamais pensé me marier, pour dire vrai, l'idée même du mariage me paraissait insensée, comme si l'amour tenait à une signature sur un papier. Mais quand c'est Jean qui me le demande, ce n'est plus la même chose. Je trouve ça beau, sceller nos vies, porter son nom.

Les jours qui suivent ne ressemblent en rien à ceux qui les ont précédés; l'esprit rempli d'allégresse, je regarde Venise avec des yeux nouveaux, plus peur de demain. Mon père se penche vers moi:
«Tu as le sourire. Des nouvelles?
– Il revient.
– Heureux pour toi, ma chérie.»

J'achète une carte postale place Saint-Marc:
«Cher Natsuo,
Tu es le premier à le savoir.
Jean m'a demandée en mariage,
Je veux que tu sois mon témoin.
Nin»

Lorsque je rentre à Paris, Jean m'attend à l'aéroport. Nous rattrapons le temps perdu.
Notre taxi file sur l'autoroute.
«Nous adopterons.
– À vrai dire, j'y pensais depuis un certain temps.
– Depuis quand?
– Depuis très longtemps. Mais voir évoluer Natsuo, le lien que nous avons, ça me fait me sentir prête pour adopter.»

«Cher Samuel,
Je vais me marier.
J'aimerais que tu sois à mes côtés.
Nin»

«Ma chère Nin,
Qui est l'heureux élu?
Je serai bien sûr présent.
Félicitations
Sam»

(Avec ce mot, un bouquet d'une cinquantaine de roses)

Anna me regarde dans le miroir. Robe blanche élégante.
«Il faut que je parle à Jean avant la cérémonie.
– Que tu lui parles?

– De mon passé. Je lui dois toute la vérité. Qu'il sache qui il épouse. Je ne veux pas qu'il l'apprenne par une coupure de presse ou un article sur internet une fois qu'on est marié.
– Tu es sûre que c'est une bonne idée ? »

Anna a beau essayer de me dissuader, je suis décidée à évoquer avec Jean le champ des Gorse.

« Tu te souviens que tu as parlé, au début de notre rencontre, de l'importance pour chacun de garder sa part de mystère ?
– Toi, tu as quelque chose à me dire !
– Jean, est-ce que tu m'aimes, quel que soit mon passé ?
– Oui, quel que soit ton passé.– Je veux dire, si mon passé était très sombre... VRAIMENT très sombre, est-ce que tu m'aimerais quand même ? »

Il s'assied sur le lit, me prend la main, tandis que je poursuis : « Est-ce que tu serais prêt à passer outre un acte que j'aurais pu commettre il y a des années, quelque chose de très grave, quelque chose que tu n'imagines même pas ? »

Silence de plomb.
« Je me demandais si tu allais te décider à m'en parler un jour. »
Ma bouche s'ouvre sur le coup de la surprise.
« Te parler de ?
– Du meurtre que tu as commis.
– Mais alors, tu le savais ? Depuis combien de temps ?
– Quand je suis parti du café, tu te souviens, après que tu m'aies appris ta stérilité, j'ai fait des recherches sur internet sur le sujet, et par hasard, alors que je traînais sur la toile, j'ai

tapé ton nom, simple curiosité, je ne l'avais jamais fait avant. Là, je suis tombé sur une multitude d'articles. C'est pour ça que j'ai mis du temps à revenir vers toi. J'ai eu besoin d'être sûr que je pourrais t'aimer avec ce passé.
– Et si je n'en avais pas parlé ?
– J'aurais attendu que tu le fasses.
– Tu as peur de moi ?
– Quand j'ai découvert les articles, oui ; oui, j'ai eu peur de toi. Peur que tu puisses recommencer un jour, voire même m'éliminer. Cette découverte a été un choc, j'en dormais plus la nuit. J'étais partagé entre l'envie de m'enfuir et ce sentiment tenace qui demeurait, mon amour pour toi. Quand j'ai repris pied, je suis allé parler avec Natsuo et ton père.
– Tu as discuté avec mon père ? Avec Natsuo ?
– Je crois que j'avais besoin de me rassurer, ce sont eux qui te connaissent le mieux, alors, naturellement je leur ai demandé ce qu'ils pensaient de toi.
Parler avec eux m'a aidé, j'étais perdu. Ça m'a aidé à retrouver le chemin de notre couple sans avoir peur du lendemain. J'ai compris que ton crime était un acte de folie et de désespoir qui ne se reproduira pas. Maintenant je n'y pense plus. Je fais confiance à la vie. »

Nous restons côte à côte. Je me fais la réflexion que nous sommes déjà mariés, ce qui suit n'est qu'une formalité.
« On va accueillir nos invités ? »

Devant la porte de la salle de réception, je sens sa main serrer la mienne. Aurais-je imaginé il y a quelques années être là ? Je me tourne vers lui et retiens sa main ; la peur, cette maudite peur que je croyais effacée, me reprend, certes moins dense, mais tenace :

«Et si la vérité éclate? Si quelqu'un dit tout haut ce qui s'est passé au champ des Gorse?
– Nous ferons face à deux. À deux, tout est moins difficile, Nin.»

Le jour du mariage passe en accéléré, je voudrais en profiter doublement. Un buffet est servi et les gens par grappes rient, parlent fort: trois cents personnes, famille, amis, clients, producteurs. Anna, le ventre arrondi est en bout de table, près de notre père. Natsuo, pour une fois, ne s'est pas mis aux fourneaux. Samuel a près de lui une grande rousse qui le fixe amoureusement.

Au repas, je suis placée à gauche de Jean. À ma droite, une jeune femme, au chignon relevé en banane; tandis que Jean se lève pour aller embrasser Garance, ma voisine se penche vers moi:
«Brune, l'amie de Max, un collaborateur de Jean... Je suis journaliste... C'est idiot mais depuis que je vous ai vue entrer dans la salle de réception, je cherche d'où je vous connais. Sontag, c'est un nom qui m'est familier. On s'est probablement croisées sur un reportage, ça ne vous dit rien, à vous?»

Je sens le sol s'effondrer sous mes pieds.
«Non, désolée, vous devez confondre.
– Je n'oublie aucun nom. D'ici la fin de la fête, ça me reviendra.
Mon passé ne va quand même pas me sauter à la gueule devant tous ces gens qu'on connaît?»

Traversée de la foule à toute vitesse, je saisis Jean par le bras : « Chéri, on est passés à la mairie, les gens sont heureux. On s'échappe, maintenant, tous les deux ! »

En relevant la tête, je vois ma voisine de table bouche ouverte, son regard rempli de surprise mêlée d'effroi. Je comprends que dans sa tête, la connexion s'est faite entre mon nom et l'affaire des Gorse.

La peur réapparaît. Fuir de quelque manière que ce soit.

Je ne risque plus la prison, Anna a purgé ma peine. Je risque juste de perdre gros, mon travail, mes clients, mon producteur. Les dommages collatéraux, quoi. Jean perdrait peut-être la confiance de ses collaborateurs, de ses amis. Comment Samuel réagirait-il ? M'apprécierait-il encore en sachant que j'ai tué ?

Mes yeux vont vers mon père, je le fixe, il vient vers moi.
« La fille au chignon, là-bas, elle sait mon passé.
– Je vais régler ça. Quitte la salle, il ne faut pas qu'elle parle devant vos invités. »

Jean et moi filons comme deux fous. Jean crie à la cantonade : « Mon épouse me met dehors ! Déjà ! » Tout le monde part d'un grand éclat de rire puis nous entrons dans la Maserati, certains sont sur le perron ; Jean fait vrombir le moteur, je fais un signe de la main en pensant « Démarre, chéri, démarre ! »

La fille au chignon apparaît en haut des escaliers, je la vois sortir un téléphone qu'elle ajuste pour prendre une photo. Je place ma main devant mon visage, faisant mine d'être éblouie. La voiture est déjà loin.

Qu'est-ce que je suis en train de faire? Vais-je être obligée toute ma vie de fuir? Avoir peur de mon histoire, de son poids sur le présent?

Sur mon téléphone, un message tombe:
«Ma chérie, Papa me dit que tu fuis.
Pourquoi?
N'oublie pas, tu es libre.
J'ai fait ce que j'ai fait justement pour que tu sois libre.
Reviens!
Anna»

Ma sœur jumelle. Si proche par sa manière de me sentir et si loin par son humeur aléatoire. Ses mots «Tu es libre» résonnent dans ma tête. Elle a raison. Je dois arrêter d'avoir peur. Me foutre du regard des autres.
Je suis libre.

«Jean, arrête! Arrête la voiture sur le côté! Retournons à la fête. Notre place est près d'eux.» Je ne fuirai plus jamais. Maintenant on est deux. Je trouverai des réponses aux questions qui dérangent. Jean me sourit. La Maserati opère un 180 degrés et nous sommes en dix minutes sur le lieu de la fête.

Mon père me regarde étonné. Je lui souris. Je vais vers Anna, la serre dans mes bras
«Je t'aime, Anna.
– Moi aussi.»
Puis je me dirige vers la fille à chignon.
«Nin Sontag! C'est vous, le crime passionnel du champ des Gorse, il y a quelques années.
– Affaire classée. J'ai purgé ma peine. Je suis libre maintenant. Libre aussi de ne plus en parler.»

L'autre me jette un regard sombre. Elle ne trouve plus rien à dire. Mon père prend place à côté d'elle. Il lui parle en caressant du doigt la lame d'un couteau qu'il a tiré de sa veste, c'est un couteau avec une lame fine.
«Aucune photo, pas d'article. C'est clair?» Sa peau a viré au blême, elle tremble des mains. «Très clair.»

Elle se lève et s'apprête à quitter la fête. Mon père la rattrape.
«Aucun mot dans votre journal à propos de ma fille. Jamais. Sinon, vous perdrez tout.
– Vous me menacez?
– Je vous avertis.»

Elle part sans demander son reste. Mon père m'invite à danser.
«Tu as repris tes activités?
– Oui.»

«Tu sais, je n'étais jamais revenu... Merci d'être ici avec moi.» Samuel est près de moi, debout sur cette place de New York. «Où est-elle tombée? Là? Ou peut-être là? En fait, personne ne peut savoir exactement l'endroit où les gens sont tombés. Et qu'est-ce que ça change, d'ailleurs?»

Silence.

«Quand les gens sautaient, ils mettaient environ six secondes. Quelles ont pu être ses pensées en six secondes? A-t-elle fermé les yeux?

– Arrête, tu te fais du mal.

– Ce qui est dur, c'est l'impossibilité de faire son deuil, la colère trop forte face à l'injustice du destin; le fait qu'ils n'ont rien trouvé d'elle rend impossible le deuil. Tu te rends compte, des cons, nos amis, à l'époque, m'ont dit qu'elle s'était suicidée, que c'était pêché... Est-ce qu'on peut parler de suicide quand la vie ne te donne pas le choix? Sauter ou être brûlée vive, c'est un choix, ça?»

Silence.
«Au moment où ça s'est passé, Alma attendait notre enfant. Le matin même avant de partir au bureau, je me souviens qu'on avait essayé de deviner si c'était une fille, un garçon, on rêvait, quoi... Quand elle m'a appelé la première fois, je n'ai pas compris tout de suite, je n'avais ni branché la télévision ni écouté la radio. J'étais loin de me douter qu'un avion venait de s'encastrer dans la tour. Et puis après tout s'est enchaîné, elle m'a rappelé, elle pleurait, je pleurais avec elle, elle me disait qu'elle n'était pas descendue, qu'ils avaient attendu les secours mais que personne ne venait. Son dernier appel, j'imagine que c'était avant qu'elle saute, elle respirait difficilement, J'ai juste entendu un murmure entrecoupé de larmes "pardon Sam, je t'aime". Puis plus rien.»

Je lui prends la main. «Je n'ai jamais pu me fixer avec quelqu'un. Alors, faire un enfant... Après moi, tout s'arrêtera. Pas de frère. Pas de sœur. Pas d'enfant. Nada.»

Une larme sur sa joue.
«Si, moi.
– Quoi?
– Si, il y a moi.
– Merci, Nin, ça me touche. Mais tu comprends ce que j'entends par descendance?
– Sam, je suis TA fille. Ma jumelle Anna est aussi TA fille; nos parents sont Helen Sontag et toi.»

Très long silence.

Je sens ma bouche brûler. Je suis en train de rompre la promesse faite à ma sœur. «On ne dit rien pour préserver notre père à Paris.»

«Qu'est-ce que tu me racontes? Si tu inventes ça pour chasser mon blues, c'est généreux mais oublie, Nin.
– C'est la vérité. Ma mère, Helen m'a révélé avant de mourir que tu es mon père. D'où ma venue à New York pour apprendre à te connaître.»
«Incroyable!
– Oui.
– Et tu sais ça depuis ma loge, la première fois qu'on s'est vus?
– Oui. C'était compliqué de te parler, t'étais tellement absorbé par la musique et ta vie de célibataire. Et puis j'avais fait une promesse à ma sœur. Je ne devais rien te dire.
– Pourquoi?
– À Paris, il y a un homme qui croit être notre père, en plus, il sort d'une mauvaise passe, il risquerait de ne pas se remettre d'une telle nouvelle.
– Si la place est déjà prise, alors, pourquoi m'en parles-tu?
– On peut continuer à faire grandir ce lien tous les deux, laisser à Anna la liberté de te connaître ou pas. Elle est attachée à l'homme qui l'a élevée. Elle est fragile psychologiquement, il l'a beaucoup soutenue, elle lui dédie une place exclusive. Pour moi, les choses sont différentes, il a été un père sur le tard, même si depuis que nous nous sommes retrouvés il a joué ce rôle bien au-delà de ce que j'attendais. Moi, je veux te donner ta place dans ma vie.
– À peine je deviens père, je dois l'être à moitié.
– Il y a plein de manières d'être père. Comme celle que tu as depuis qu'on se connaît. Nous n'avions pas mis de mots mais il s'agissait bien de ça, n'est-ce pas? Avec toi, j'ai compris d'où vient mon oreille musicale. Regarde notre complicité lorsqu'on rit ensemble! Un père et une fille peuvent avoir des secrets. Tu seras mon secret. Je serai le tien.»

À notre gauche, l'ancien emplacement des Twin Towers, le soleil descend doucement sur l'eau qui coule du mémorial. Samuel a les yeux qui passent dessus et vont se river sur la ligne d'horizon.
«Je ne dirai rien parce que c'est ton souhait, mais à partir d'aujourd'hui, je suis ton père.
– Tu l'es. Pour toujours.»

Ses yeux s'ourlent de rouge.
J'ai manqué toute ma jeunesse d'un paternel et je me retrouve avec deux. Ils sont différents, chacun essentiel à sa manière, il ne me viendrait pas à l'esprit d'en renier un.

La photo se trouve dans nos téléphones. Régulièrement, sans qu'on se le dise, on la consulte, espérant qu'elle nous en dise plus sur l'enfant qui nous attend au bout du monde. Mon ventre reste plat, vide, pourtant, je l'attends, cet enfant, mon corps, mon esprit sont pleins de sa promesse.

Parce que je ne change pas physiquement, parce que cette attente est pure imagination, nous sommes, Jean et moi, au même tempo. Il me demande : « Et si ça ne marchait pas ? Ils nous parlent tellement des difficultés de l'adoption. »

Je ne sais quoi lui répondre ; cette question, je la lui ai déjà posée, il n'a pu me donner aucune réponse ; ces mois sont une profusion d'enthousiasme, de doutes, parfois d'envie de tout lâcher. New Delhi. Ce matin nous y sommes. Galvanisés par l'espoir mais la boule au ventre, nous allons chercher notre enfant.

Le rickshaw s'arrête au milieu de cette ville qui grouille de monde dans un bruit assourdissant de klaxons. Arrivée miraculeuse tant la cage à lapins dans laquelle nous roulions au milieu des déchets jonchant l'asphalte était insécurisante. L'odeur fétide et la vue éprouvante de bébés nus dormant à quelques mètres sur le sol crasseux ne parviennent pas à nous ôter le sourire.

Une femme malingre mais joviale nous accueille. Elle nous prend les papiers des mains, les passe en revue puis nous slalomons entre des lits occupés par de très petits enfants aux crânes recouverts d'un épais casque de jais. Elle se faufile dans un couloir, orné de fenêtres, murmure un charabia dont on ne comprend rien ; nous entendons maintenant des vagissements, elle pousse une porte battante, nous sommes face à une quinzaine de berceaux. Le battement de mon cœur s'accélère, Jean me prend la main.
« Je ne pensais pas que j'allais être aussi ému.
– Moi non plus. »

La dame prend un tout petit bébé et le place dans mes bras.
« Yari. »

C'est bien le petit que nous étions venus voir à deux reprises, est-ce mon imagination ou il me reconnaît ? Ses yeux noirs m'avalent, ses doigts sont fins comme de la dentelle, ses jambes miniatures tricotent. Jean le prend à son tour. Comme moi, il n'en revient pas. Ça y est, nous avons un enfant.

On nous ramène un petit baluchon, nous signons les papiers, puis nous sortons. Bouleversés. Je ressens des choses paradoxales, une joie immense et la peur de ne pas savoir faire. Nous savons à la seconde où nous quittons l'orphelinat que nous cessons de vivre que pour nous, une petite zone dans chacun de nos esprits commence à veiller, s'inquiéter, anticiper. Yari est en train de s'installer dans nos cœurs, notre âme, nos voix.

Personne pour me montrer comment on fait. Ma mère? Morte. La Nonna? Sénile. Ma sœur? Instable. Le pédiatre devient notre allié. Jean et moi découvrons Yari en même temps que nous devenons parents. Nous apprenons de nos hésitations. Au bout de quelques semaines, nous sommes confiants.

Yari s'avère être un enfant facile, il fait ses nuits rapidement, prend sa quantité de lait. Nous nous attendions à pire, nous nous sentons vernis.

«Je lui ai dit. Il parlait de sa peine de ne pas avoir d'enfant. Il avait l'air tellement déboussolé. Je ne pouvais pas me taire plus longtemps.» Anna me jette un regard furieux.
«Tu te rends compte de ce que tu as fait? Tu veux que notre père replonge?
– Samuel ne dira rien, il l'a promis.
– Tu crois en la parole d'un type qui t'a trahie pour le contrat de ton premier disque?
– Ne mélange pas tout, c'était le travail!»

Son bébé n'a pas fini de téter, elle recouvre son sein du pan de son corsage et retire l'enfant; sa nervosité m'inquiète. Sûrement, les prémisses d'une crise.
«Fais attention Anna, t'es un peu brusque, là.

– Mais elle m'énerve, cette gosse, elle met une heure à téter, j'ai le mamelon en feu.»

Pendant sa grossesse, plus le ventre de ma sœur enflait, plus augmentait ma peur pour son enfant. Lee aura-t-elle les ressources de son frère pour faire face? Ce dernier a eu un père trop autoritaire mais tout de même présent dans son enfance. Lee, elle, ne devra compter que sur sa mère revenue seule d'Italie, «Je ne pouvais plus le blairer, ce connard», son père sera visiblement aux abonnés absents.

«Tu vas rendre visite à Samuel?
– Pour quoi faire?
– Essayer de le connaître. C'est ton père biologique.
– J'ai déjà un père. Biologique ou pas, c'est MON père, ça suffit.»

Elle a le visage renfrogné, son genou sautille tandis que la tête de Lee tangue au gré des gestes saccadés.
«Tiens, passe-la-moi, tu as envie de fumer, non?
– OK, tiens!»

Elle pose comme un paquet la petite qui hurle à tue-tête. Je tente de l'apaiser. Si je n'agis pas rapidement, cette enfant va devenir complètement cinglée. Lorsque nous en avons parlé Jean était sans détour: «Propose à ta sœur de garder Lee.» J'ai beau retourner le problème dans ma tête, c'est la seule solution.

Je regarde Anna rentrer dans la brasserie. Sa fille s'est endormie sur mon bras, elle avance et me jette un regard noir.

«Tu crois que je vois pas que je suis nulle comme mère, que tu fais tout mieux qu'moi, *Madame j'te donne des leçons*?
– Anna, tu devrais me laisser Lee en ce moment, le temps que ça aille mieux.
– Tu vois, tu penses que je ne suis pas capable de m'occuper d'elle.
– Écoute, tu vois bien que tu t'énerves, ce n'est pas bon pour la petite. Tu m'as donné quatre ans de ta vie, prends-le comme un tout petit retour de ce que tu as fait pour moi.»

Elle regarde le sol, ses genoux bougent de haut en bas avec le mouvement d'un balancier. «Tu as raison, de toute façon, j'ai pas le choix, ce putain de pédiatre m'a prévenue; si je ne la fais pas garder, il fera un signalement.» Je la regarde se pencher et extraire du bac sous la poussette un gros carnet. «Un nouveau roman?»

Silence.
«Tu n'as pas envie d'en parler?
– C'est notre histoire.»
Ses yeux rougis me dévisagent pour observer ma réaction.
– Tu écris un livre sur NOUS?
– Oui, tout. Notre rencontre, notre père, la prison.»

Je sens le sol bouger sous mes pieds. J'aurais dû me douter qu'Anna serait tentée d'écrire sur nous mais je n'avais pas estimé le risque.
«Anna, que comptes-tu raconter de l'épisode de la prison? Je croyais que ton dernier livre sur le sujet te suffisait?
– Là, ce sera un roman sur notre vie. Une fiction mais qui s'inspire de notre histoire.
– Anna, tu ne peux pas raconter que tu as purgé ma peine, c'est risqué.

Imagine que le père de la fille que j'ai tuée tombe sur le livre, il fera le rapprochement, finie ma vie, ma cavale reprendra, et tout ce que j'ai bâti s'écroulera.

– Mais de quoi t'as peur? Je publierai sous un pseudo, bien sûr. J'en suis à plus de la moitié du livre, je ne peux plus faire marche arrière, notre vie est trop incroyable pour que j'en fasse rien. Écrire, c'est dans les tripes, je contrôle pas. Là, il fallait que j'écrive cette histoire, notre histoire, c'est le moment.»

Silence.

Je n'aurai jamais la paix avec mon passé, il peut me rattraper à tout moment. Je comprends ça à l'instant, en laissant ma sœur quitter la brasserie avec son carnet à la main. La peine purgée par Anna m'a rendu le chemin libre. Visiblement, le père de la maîtresse de Jeff a considéré que justice était faite. Je n'ai jamais plus été inquiétée. Qu'en sera-t-il si comme tous ses livres précédents, le prochain roman d'Anna est un succès? Qu'adviendra-t-il de moi si la supercherie de la prison est découverte?

Je ferme les yeux et me repasse le film: Jeff la première fois que je l'ai vu entrer dans la boutique de disques, ma douleur, ce matin funeste au champ des Gorse, June, mon père et ma sœur, l'île, ma fuite dans Venise... J'éprouve conjointement deux émotions, la peur que tout recommence. Et la certitude de tenir le sujet d'un bon roman. Ai-je le droit d'empêcher Anna de l'écrire?

Quand je rouvre les yeux je suis face à mon visage dans le miroir de la brasserie. Il me rappelle celui que j'avais dans ce café après les Gorse, juste avant la fuite. C'est le visage d'une femme libre, prête à affronter la peur.

Une plage qui court à perte de vue, l'eau y bouge dans un élan nerveux. Le contour des vagues ourle nos pieds frileux. Au loin, un bateau difforme trace sa route poussive sur la ligne d'horizon. L'hiver gèle les couleurs ; elles claquent comme un coup de fouet. Nous avons retroussé nos bas de pantalon et avançons en bande, les cheveux démolis par le vent.

Sur les petites dunes gorgées de mer, nos ombres se tordent et se mélangent. Je les regarde danser, s'éteindre sous l'eau et se redessiner. Dans ma tête, une phrase danse comme un mantra, j'ai une famille. Je revois ce matin, il y a tant d'années, quand désespérée d'avoir commis un crime, je me fuyais moi-même, ne sachant où aller.

Je me souviens de mon arrivée sur l'île, de ma surprise devant la porte qui s'ouvre sur Anna, d'Anna bien plus tard derrière le parloir de la prison, de mon chagrin face à mon père saoul sur ce banc à Venise, de la rencontre de Jean, mon époux magnifique et de sa phrase promesse « À deux, tout est moins difficile. » Je repense à Samuel au piano quand je chante, à la première fois que j'ai serré Yari contre moi. Liens tissés, distendus, renoués, parfois tarabiscotés mais qui tiennent.

Je les regarde, ces flamboyants. Les plus vieux ont quitté leur habit de sagesse, leurs rires explosent en saccades joyeuses. Les autres goûtent l'ondulation rugueuse massant à chaque pas la plante de leurs pieds. Les petits se coursent, tirant un cerf-volant qui tangue sous les nuages.

Au milieu, un garçon marche seul, il a les mains derrière le dos ; on ne lui donne pas d'âge. Il revient d'un voyage à travers le monde, le cerveau rempli à ras bord de recettes qu'il s'est appropriées pour étonner les gens qui mangeront chez lui. Car on y est, Natsuo ouvre son restaurant, la fougue de sa jeunesse adjointe à son talent. D'une opportunité, le départ d'un vieux chef, il a su faire sa chance ; elle est là, il la saisit.

Il ne marche pas, il vole au-dessus de nous ; il n'est plus qu'un esprit habité par demain, il s'imagine décrocher les étoiles, provoquer chaque jour un miracle. Nous assistons à l'éclosion du papillon, émus, peut-être un peu jaloux de la grâce qui l'entoure comme un second habit. Nous aimerions, comme lui, être encore fous, nous lancer dans un sort dont rien n'est garanti, nous voudrions oser, laisser tomber les semelles de l'âge qui lestent nos élans.

Le voilà à la tête d'une brigade de gaillards qui ont pour point commun l'amour de la cuisine ; il faut le voir mener son monde à la baguette en allégeant d'un rire un ordre bien lancé. Je ne reconnais plus le gamin maigrelet assis à côté de moi à la galerie Zanni. C'est maintenant un homme dressé contre le vent, le torse presque imposant et une allure de roi.

Lorsqu'il pose sur moi de rapides coups d'œil, je nous revois, sa petite main dans la mienne, marchant dans les rues de Paris.

Natsuo, ne m'oublie pas quand le succès te couronnera. Ne change pas ton âme, ne la laisse pas durcir. Je voudrais être encore un peu là pour toi.
« À quoi tu penses ?
– Pas trop d'appréhension pour le restaurant ? »

Silence.
« Est-ce que tu sais ce qui m'a le plus manqué quand j'étais loin ?
– Non.
– Tu n'as pas une petite idée ? »

Il fouille dans sa poche et en sort un origami en forme d'arbre. Je cherche au fond de mon sac, et en sors celui qu'il m'avait offert il y a des années. Je le pose près du sien sur sa main. Il me chuchote : « Deux arbres qui ont grandi ensemble. »

Épilogue de Natsuo

Le professeur de cuisine a prononcé mon nom. Je me suis avancé ; j'ai lavé mes mains, enfilé le tablier, déposé sur ma tête la coiffe blanche. Ce concours était le couronnement de tellement de travail ! Mon père avait tenu à m'inscrire à l'atelier financé par son supérieur, un passionné de cuisine. Pas le droit d'échouer.

Je me suis approché de la table ; j'ai jeté un œil sur la recette que je connaissais par cœur, puis j'ai disposé les ingrédients en prenant le temps d'en vérifier la fraîcheur ; je sentais poser sur mes gestes les regards de l'assemblée, des élèves attentifs à l'erreur éventuelle que je ferais et m'éliminerait d'office et tous ces parents venus observer leurs rejetons, le voyant déjà victorieux.

Le gong a retenti.

Mes mouvements se sont enchaînés en cadence ; une de mes mains a saisi le raifort, l'autre a pris le hiki. Puis, dans un ballet saccadé, la lame a tranché le légume en lamelles fines comme de la soie sous les yeux médusés de l'examinateur.
Je n'y pouvais rien ; c'était ainsi depuis la première fois que j'avais saisi un ustensile de cuisine ; pour les écrivains comme

ma mère, le stylo est un prolongement de soi ; je ressens la même chose avec un hiki*.

J'ai pensé chacun de mes actes pour être au plus près de la recette : j'ai mélangé, senti, goûté et enfin, j'ai sorti de ma poche de pantalon la fiole d'aromates que je m'étais procurée à Paris, dans la cuisine de mon grand-père.

J'ai versé une très petite pincée de la poudre odorante que j'avais parfois vue descendre de la main de la cuisinière pour atterrir dans la soupe, changeant brusquement son arôme en une invitation au voyage vers le Maghreb. J'ai laissé le tout mijoter jusqu'à ce que le résultat me convienne, puis j'en ai versé une louche dans un bol de grès. Sur le dessus, le fumet dansait dans une odeur sauvage.

J'ai posé le bol devant l'examinateur ; je l'ai salué puis je suis retourné m'asseoir. Il a d'abord eu un mouvement de recul en pinçant les lèvres, puis ses narines ont traversé le fumet, l'odeur a paru l'attirer ; ses yeux se sont éclairés, brillants de gourmandise.

Sa bouche ornée de dents jaunies par les excès s'est ouverte, il a englouti une gorgée. Son visage bouffi s'est lissé, il a fait tanguer sa langue à l'intérieur de sa bouche, elle claquait un peu pour vérifier qu'il n'en restait plus. Il a finalement saisi le bol à deux mains, a bu lentement le reste du bouillon, puis l'a reposé. Il a ensuite poussé un long soupir perdu dans ses pensées.

Autour, un léger bruissement de murmures s'est fait entendre puis ce fut à nouveau le silence. Les épreuves ont repris ; chaque enfant passait, anxieux comme s'il s'agissait de sa vie qu'il jouait.

---

* Couteau japonais.

À la fin de la journée, après une rapide délibération, le jury a rendu son verdict: le prix était décerné à Akira, le fils du patron de mon père. Bien sûr, les dés étaient pipés, mon père était d'ailleurs probablement au courant de cette mascarade; mon rôle, comme celui des autres enfants, avait été celui de faire-valoir, nos échecs rendaient la fierté du père d'Akira encore plus forte. J'aurais dû m'en douter mais à cet âge-là on a encore des illusions.

Mon père ne m'a bien sûr pas adressé la parole pendant plusieurs jours après ce qu'il a appelé «mon échec».

Jusqu'à la rencontre au parc près de notre appartement de Sumida-ku de l'examinateur du concours de cuisine. Il nous a salués avec déférence, puis s'est tourné vers moi en chuchotant, il semblait soulagé de se défaire d'un secret: «Votre soupe... oishikatta desu*.» Puis, il a repris: «Accepteriez-vous de la refaire... pour des clients... à mon restaurant?»

À ma surprise, mon père a donné son accord, et à partir de ce jour-là, chaque soir après l'école, j'ai passé deux heures dans le restaurant de Kaizen San. Mon père voyait là un moyen de sauver la face: son fils n'avait pas eu le prix mais il avait un chef comme professeur particulier. Moi, je pressentais que ce serait dans ma vie une porte qui s'ouvre et ne se refermerait jamais.

Je pense aux événements marquants de mon existence et je réalise que beaucoup sont liés à la cuisine.

Lorsque je rejoignais ma mère en France alors que je vivais encore chez mon père au Japon, j'étais entre deux pays, deux cultures, deux adultes qui ne pouvaient plus se supporter. Ma

* C'était délicieux.

mère complètement instable, alternait entre des manifestations d'affection trop fortes, et un désintérêt total, voire un rejet brutal si elle avait oublié de prendre ses médicaments. Mon père, lui, était dévoré par l'ambition. Je l'encombrais. Et j'étais finalement beaucoup livré à moi-même. J'avais compris que je ne pourrais jamais compter sur mes parents pour mes besoins essentiels, la sécurité ou la douceur d'une caresse.

La perspective de pouvoir entrer dans une cuisine où que je me trouve dans le monde, d'observer pour apprendre, devint un réconfort. Dans une cuisine, j'étais à ma place.

Chez mon grand-père, la cuisinière préparait des plats en sauce qui embaumaient tout l'appartement. À mon arrivée de l'aéroport, je n'allais pas de suite dans ma chambre, ni celle de ma mère, je me précipitais dans le frigo repérer les victuailles du marché du jour, j'imaginais de quelle manière j'allais aider à la confection du dîner. Ce moment quand j'y repense aujourd'hui était très important pour moi.

Quand je revenais au Japon, je faisais bénéficier Kaisen San de ce que j'avais appris, des variations intuitives que la cuisinière de mon père s'autorisait sur les recettes. Elle disait Ça, c'est mon petit secret, ses yeux s'allumaient comme des lampes et elle me faisait goûter. Je ne disais pas tout à Kaisen San mais suffisamment pour me rendre indispensable. Je savais qu'un jour, j'aurais mon propre restaurant et pourrais exploiter tout ce que j'emmagasinais ; ça ferait ma rareté.
Lorsque ma mère m'a présenté Nin, je ne me doutais pas du lien qui se tisserait entre nous. Tout ce que j'ai vu de la personne assise dans la galerie de Zanni, c'est une copie de ma mère mais en plus posé.

Nous avons appris à nous connaître et progressivement, elle a pris une place centrale dans ma vie, une place qui était libre et ne demandait qu'à être occupée. Je sentais aussi qu'il y avait un vide en elle, ça lui faisait du bien de m'accompagner dans la vie. Probablement, me faisait-elle bénéficier de ce qui lui avait toujours manqué, mais nous n'en avons jamais parlé.

Nous avons eu de suite un sujet commun tous les deux : ma mère. La maladie de ma mère. Je crois que Nin et moi avions le même rêve secret : qu'un jour, elle guérisse. Nous savions que c'était insensé mais nous ne pouvions nous empêcher d'y croire. Et puis, elle avait confiance en moi. C'est elle qui m'a trouvé l'école de cuisine puis le stage dans un grand restaurant.

Je ne sais pas grand-chose de son passé. Je sais seulement qu'elle a tué quelqu'un et que ma mère s'est dénoncée à sa place. Volontairement, je n'ai pas cherché à la questionner plus, j'ai considéré qu'elle avait droit à sa part d'ombre. Nous y avons tous le droit, n'est-ce pas ?

C'est au nom de ça et de tout le reste que j'ai fait ce qui suit. Ça s'est passé à Toronto, la dernière étape de mon tour culinaire avant mon retour en France. Toronto, c'était la ville dans laquelle vivait la crapule qui avait manigancé l'arrestation de Nin, le Jeff.

Je continuais de tomber sur des articles de presse dans lesquels il déversait mensonges et questionnements malsains. Le dernier que j'avais lu m'inquiétait particulièrement : il laissait sous-entendre que l'identité de la personne qui avait purgé la peine de prison n'était pas sûre, il suggérait la nécessité de relancer l'enquête sur le crime du champ des Gorse. Tant qu'il serait en vie, Nin n'aurait jamais la paix.

Ça m'a décidé à agir.

J'ai trouvé l'adresse de l'agence de photo dans laquelle travaillait Jeff, je suis allé l'attendre à la sortie de son travail.
« Bonjour, vous avez quelques minutes ?
– On se connaît ?
– Je voudrais vous parler de quelque chose qui devrait vous intéresser.
– À propos de quoi ? Vous êtes journaliste ? Si c'est pour l'affaire du champ des Gorse, j'ai déjà tout dit. C'est derrière moi maintenant, j'ai plus envie d'en parler.
– J'en ai pas pour longtemps, je vous assure. »

Nous nous sommes installés dans le pub d'en face. Il a commandé une bière, j'ai pris un bourbon.

« Vous êtes au courant de ce qui vient de sortir dans la presse en France à propos du champ des Gorse ?
– Non, allez-y.
– Apparemment, le matin du meurtre, un ornithologue filmait les oiseaux dans le champ. »

J'ai cessé de parler pour qu'il enregistre ce que je venais de dire. Puis j'ai repris. « L'ornithologue a filmé le crime. Et sur sa pellicule, après le départ de Nin, il s'avère que Morgane Martens s'est relevée. On voit clairement que c'est vous qui l'avez tuée. On vous voit l'étrangler. »

Il a reposé son verre de bière. J'ai poursuivi.

« L'ornithologue est décédé il y a trois mois. Quand ses héritiers ont découvert le film dans ses archives, ils ont alerté la justice. Les policiers ont investigué chez les parents de Morgane Martens en passant au peigne fin les affaires qui restaient d'elle, ils sont tombés sur son journal. Un des passages du journal vous concerne. Elle y a raconté un crime que vous auriez commis sur un jeune photographe doué ; vous lui auriez dérobé ses clichés pour lancer votre carrière... Votre notoriété se serait bâtie sur un mensonge et un meurtre. Les derniers passages du journal font état d'une grossesse débutante. Morgane était enceinte de vous et vous refusiez de reconnaître votre paternité. Elle avait des doutes sur votre relation ; elle évoquait même une autre fille, une certaine Héloïse que vous voyiez aussi. Elle était visiblement en colère contre vous et prête coûte que coûte à vous faire changer d'avis pour vous faire reconnaître l'enfant, quitte à révéler votre terrible secret. »

Son téléphone a sonné. Il a regardé l'écran et a répondu brièvement : « Pas maintenant, Joan, plus tard. »

« Vous devriez vous mettre en route. L'affaire a fait du bruit en France ; ça fonctionne rapidement, Paris-Toronto, quand il s'agit de coincer un criminel récidiviste.
– Pourquoi vous me prévenez ?
– Pour vous regarder fuir avant que la police arrive. Vous pouvez dire au revoir à votre tranquillité ; la peur ne vous lâchera plus.
– Mais qui êtes-vous pour me vouloir autant de mal ? »

J'ai posé près de sa bière un origami en forme de guitare. Il m'a fixé, livide. Dans ses prunelles plusieurs ombres se sont télescopées, puis il s'est levé en faisant tomber sa chaise et il est sorti.

Note de la psychologue

La fille à ma place est un roman noir psychologique qui montre, à travers l'histoire d'une femme qui commet un acte violent, comment l'amour peut rendre fou quand il est vécu de manière passionnelle, mais aussi comment l'absence d'amour dans le passé peut être le terreau de la furie.

En réalisant la trahison de l'homme qu'elle aime, l'héroïne revit inconsciemment l'abandon du père ressenti dans la petite enfance. Cela la pousse à une pulsion destructrice. Pour faire exister un nouveau modèle masculin sécurisant après les traumatismes du passé (père qui part, beau-père qui abuse d'elle), elle se ment plus ou moins consciemment à elle-même, se construisant dans ce qu'elle vit avec son compagnon une illusion d'amour réciproque. Un moyen de se réparer en quelque sorte. Tout être humain pourrait se retrouver dans une telle situation, s'il y a une forme de résilience dans ce qu'il vit. Il pourrait alors se mentir à lui-même de manière plus ou moins consciente (actes manqués, déni) et passer à côté de la réalité.

La fille à ma place vise à comprendre la psychologie d'une femme qui fuit, tisse des liens sociaux et affectifs pour tendre vers le meilleur d'elle-même. Après une pulsion criminelle, la jeune femme déploie des ressources insoupçonnées qui révéleront sa personnalité.

L'aventure de l'héroïne explore les thèmes suivants :

Les secrets, dans une famille, pèsent et influent sur la vie de ses membres. Les sœurs jumelles du livre ont eu une vie éprouvante tout en ignorant leurs existences mutuelles jusqu'à ce qu'elles se retrouvent et comment leur séparation s'est déroulée.

Un tel secret a été lourd également à porter pour le père qui n'a pas exprimé à sa fille fragile psychologiquement l'existence de sa jumelle. Il a dû vivre avec ce secret, partagé entre l'envie de voir ses deux filles réunies et la peur d'accentuer la maladie de l'une d'elle par une telle nouvelle.

Le sentiment de culpabilité de l'héroïne se résorbe au fur et à mesure qu'elle se donne, se sacrifie pour les autres. La sœur décide de prendre sa place en prison, elle sait que sa jumelle prendra mieux soin de son fils qu'elle-même et sera plus à même de gérer les affaires de son cher père déchu. Le don de soi est autant un altruisme au profit de l'autre qu'une satisfaction de l'ego ou sa réparation.

Le lien de gémellité peut être diffus dès la vie intra-utérine. Dans la prison, les deux sœurs revivent une émotion remontant à la vie fœtale, leur communication aurait démarré avant la naissance. Lorsqu'elles se découvrent, elles ont déjà en elles une part de l'autre, physique (ressemblance, timbre de voix), mais aussi inconsciente (ce contact, ce dialogue muet qui depuis la vie intra-utérine n'est jamais rompu). Quand les jumelles ont été séparées, ce lien subtil et inconscient a permis des retrouvailles très spontanées comme si elles s'étaient toujours vues.

Lorsqu'un membre d'une famille a des troubles psychologiques, cela a des impacts sur tout l'environnement familial. La famille vit au rythme de ses crises, de ses rechutes et hospitalisations. Elle fonde des espoirs à chaque stabilisation d'humeur et peut avoir découragements, sentiments d'impuissance jusqu'au détachement parfois. Cela peut entraîner un phénomène dépressif dans le noyau familial plus ou moins temporaire.

Dans ma pratique, je côtoie des gens qui sont passés de l'autre côté du miroir, ont décompensé et se sont montrés violents, commettant ou risquant de commettre un acte répréhensible. J'accompagne leur entourage souvent désemparé et en quête de réponses, de conseils. Ce livre est un pas vers eux tous.

En montrant par la fiction ce que l'on peut devenir un jour au gré des circonstances de la vie, on apprend à mieux comprendre et à aider ceux que trop souvent on se contente de seulement condamner. La violence vient fréquemment de nos blocages affectifs. Puisse ce roman aider à les identifier et les apaiser.

Remerciements

Merci à mon éditrice, Sophie Rossier, à Aline Lehmann.
À mes proches, en particulier Yann et mes enfants, à mon frère, à mon cousin.

Merci à mes amis.
Merci à Yannick Haenel, Lucie Desaubliaux, Chloé Delaume, Carlotta Forsberg, Isabelle Faivre, Sylvie Auguet, Elise Nebout, Charlotte Steisel, Carla Boi, Pascale Bragard, Marie Stéfani, John-Erich Nielsen, Sonia Dreano, Jonathan Camus, Laurent Gratadour, Laurine Dieudonné, Lionel Rosso.

Merci à mes félins, Juliette, Mitsou et Meiji.

Une pensée toute particulière pour Marthe et Colette.